SHANGHAI LITERATURE & ART PUBLISHING GROUP

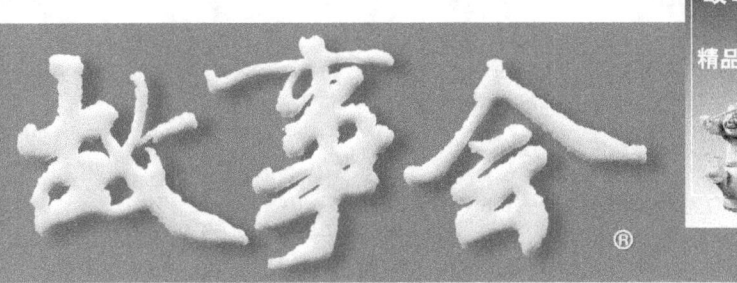

故事会
精品系列

开心故事

I0517186

上海锦绣文章出版社
上海故事会文化传媒有限公司

上海文艺出版（集团）有限公司

图书在版编目（CIP）数据

开心故事 《故事会》编辑部编 – 上海：上海锦绣文章出版社
（故事会精品系列） ISBN 978-7-80685-967-4

Ⅰ．①开…Ⅱ．①故…Ⅲ．故事－作品集－世界 Ⅳ．I14

中国版本图书馆 CIP 数据核字（2008）第 020112 号

丛 书 名：故事会精品系列

书 名：开心故事

主 编：何承伟

编 委：何承伟 吴 伦 姚自豪 夏一鸣

责任编辑：刘迎曦 鲍 放

装帧设计：王 伟

责任督印：张 凯

出 版： 上海锦绣文章出版社
上海故事会文化传媒有限公司

POD 海外发行： 中国图书进出口上海公司

电话：021–36357888

传真：021–36357896

地址：上海市虹口区广中路 88 号

邮编：200083

目　　录

开怀大笑

会心微笑

开 怀 大 笑

　　欢笑着向新生的、美好的生活方式前进。观赏者在尽兴娱乐的同时，潜移默化地受到了影响和教育。

脑筋急转弯

班主任郑老师为了开发学生们的智力，给全班出了道数学题，但说好是脑筋急转弯那种的："咱班李枚同学的爸爸从乡下收购了80斤鸡蛋，拉到城里去卖，一天卖掉了78斤，问还剩下多少斤？限时15秒，抢答开始！"

郑老师话音刚落，全班同学异口同声地回答道："还剩下2斤。"

郑老师皱皱眉，又启发说："如果这道题这么简单的话，就不叫脑筋急转弯了，大家再动动脑筋，好好想想……"

全班同学都陷入了沉思。突然，学习委员晁兰高兴地喊了起来："老师，我知道了，应该是不到2斤！"

"唔，为什么呀？"

"因为鸡蛋是从乡下买来的,路上难免有磕破压碎的,所以就不会有2斤了。"

郑老师满意地点点头,同学们也纷纷向晁兰投去了羡慕的目光。

就在这时,郑老师忽然发现李枚同学的脸上似乎流露出一种不以为然的神色,于是便点名说:"李枚同学,你说晁兰回答得对不对呀?"

"不对!"

郑老师奇怪了:"那你说说,那80斤鸡蛋卖掉78斤应该还剩多少呢?"

李枚想了想,说:"大概还剩10来斤吧。"

全班同学"哄"地一下都笑了起来。

李枚同学不解地望了大伙一眼,大声嚷道:"笑什么笑? 告诉你们,那天是我妈看摊儿,要是换上我爸,说不定剩得还多呢!"

郑老师一下愣住了,她忽然感到:自己这时候脑筋倒是有点转不过弯来了……

(申之珉)

(题图:李 加)

换一个灯泡

　　几个人在一起讨论这样一个问题:换一个灯泡要几个人? 大家都觉得,要是让电工来换的话,只需一个人,只是每当灯泡坏了的时候,总是找不到电工。

　　小赵说:"要是让评论家来换的话,那就要两个人,一个换灯泡,另一个则在旁边指手画脚地批评他。"

　　小钱说:"要是让诗人来换的话,那就要四个人,一个咒骂黑暗,一个点亮蜡烛,一个缅怀光明,一个换灯泡,当然,还不一定能完成。"

　　小孙说:"要是让警察来换的话,需要五个人,一个负责封锁、保护现场,并拉响警报,一个登记备案,至少两个追查灯泡坏的原因,一个换灯泡。"

　　小李说："要是让当官的来换的话，那就……那就……我也说不准需要几个人，他们会让父亲带着妻子、儿子到管理部门陈述灯泡坏的经过，并笔录备案，签字存档；然后他会命令警察调查取证，核实灯泡毁坏的缘由，对该事故分析鉴定，电工必须说明当初安装该灯泡时的布线图和详细过程；最后，还要召开领导碰头会、中层负责人分析讨论会和基层扩大会，并将更换灯泡的具体安排用文件形式下达，层层落实：有人负责将废旧灯泡回收，有人批准购买新灯泡的申请，有人负责下达购买任务，有人填写采购单，有人验收灯泡，有人报销发票……"

　　说到这里，大家不约而同地提出了一个问题："有没有人可以很痛快、很敏捷、很干净、很利落地一个人独立地将烧坏的灯泡在最短的时间里轻松地换上呢？"

　　有人答道："有！"

　　"谁？"

　　"未来的女婿在未来的丈母娘家的时候！"

（张易非）

（题图：李　加）

高度概括

最近,市政府举办了一次短期培训班,参加的对象是一些厂长、经理、企业家。这天,市党校的小秦老师来讲课,小秦的课讲得很好,而且极善概括。在这堂课上,小秦为了加深大家对"概括"的理解,就讲了一件亲身经历的事:"那是前年,我在啤酒厂工作,做党委书记的秘书,春节之前,厂里召开党委扩大会,各个分厂、车间的头头都来了。

"上午是书记讲话,他讲了我们中华民族五千年的历史,号召大家要爱国。他接着说,爱国要有具体的表现,最具体的是体现在爱厂上。说到这里,书记话锋一转,说:'可是现在却有人千方百计地从厂子里捞实惠,要回扣,捞外快。如果大家都这么整,什么好厂子也得垮掉。'接着他又讲到家庭,说是最近他接待了几个家属,据她们反映,有人在外边生活不检点,找情人、包二奶,成夜隔宿地不回家,说什么'家里红旗不倒,外边彩旗飘飘','男人没情妇,活着不舒服'。都是些什么呀,乱七八糟的! 书记讲到这里,气得直拍桌子,他说:'今天发的年末奖金要一分不少地交给老婆,要把我们对老婆的爱体现出来!'

"下午会议接着开,轮到厂长讲。他讲的第一件事是防火,先讲了防火的重要性,从克拉玛依大火讲到洛阳大火,讲了本市最近发生的几起火灾,还说了本厂的情况;接着又讲了防盗,说是现在到了年关,更要严防,特别是要严防监守自盗;厂长说的最后一件事是年关近了,一些有实权的关系户就会到厂里来拉赞助,每年光是这一笔开销就是十来万哪……"

小秦讲到这里,说:"实际上,书记、厂长讲了这么多,用14个字就能概括,那就是:爱国爱厂爱老婆,防火防盗防赞助!"

厂长、经理、企业家一听,全都拍手叫好……

(杨春国)

(题图:李　加)

你为啥不洗手

　　万牛是炼化厂里的环卫工人,你别看他从早到晚和垃圾打交道,可他的一双手却特别干净,一天要洗几十次。前不久,万牛下岗了,考虑到他工作不错,又是正儿八经的正式职工,厂里便安排他到中心菜市场外边的公共厕所去看门、收费。

　　万牛虽然不再和垃圾打交道,但他还是经常不停地洗手,而且闲着时,专逮那些方便后不洗手的人,和他们讲道理。

　　有一次,万牛冲着刚从公厕里跑出来的一个小男孩喝了一声:"站住!""怎么?"小男孩的母亲在外面等着,有点不耐烦,"不是给了钱吗?""不是钱的问题。"万牛坐在椅上,摆摆手说,"拉了屎,你崽为啥不洗手? 病从口入,这个道理懂不懂?""多管闲事!"母亲横眉怒对,牵着怯生生的儿子走了。

又有一次,一位漂亮的小姐从厕所出来,万牛叫住了她,沉着脸问:"看你年纪轻轻的,人也漂亮,上了厕所为啥不洗手?"姑娘缓过神来,扭头就跑,还恨恨地骂了一句:"神经病!"万牛拿热脸贴冷屁股,憋了一肚子的火。

那天临下班的时候,有两个年轻小伙子进了公厕,十分钟后,他俩匆匆走了出来。万牛瞅得准,一声吆喝:"站住!"随即上前一把拽住一个年轻人的左肘,铆足了劲教训道:"年纪轻轻要学好,坏毛病一定得改。我问你,你为啥不——"

"洗手"两个字还没说出口,那个小伙子立马变了脸,他右手猛地从腰间拔出弹簧刀,冲着万牛的胸口使劲一捅,万牛一下倒在地上,挣扎着喊出声来:"来人哪!"

万牛醒来的时候,病床边围了一圈人。张厂长的秘书小王紧紧握着他的手,激动地说:"万牛同志,你面对在公厕持刀抢劫的犯罪分子,见义勇为,敢于斗争,真不愧为我们工人的骄傲!"小王不等万牛说话,又赶紧凑在他的耳边低声说道:"张厂长上洗手间去了,等会儿就进来。"

一会儿,张厂长神采奕奕地走到万牛的床头,伸过手来,说:"万牛同志,向你学习呀!"这时,所有的镁光灯一齐打开,各路记者都把镜头对着床头,病房里静得出奇,大家都期盼着英雄说出激动人心的豪言壮语来……

万牛望着张厂长,哆嗦着嘴唇,好像是想说什么。

张厂长握着万牛的手说:"万牛同志,你不要紧张,想说什么就说什么。"

"你——有没有洗手?"

"没有呀。"

"你上了厕所,为啥不洗手?"

(蒯 威)

(题图:李 加)

婚礼录像

小丽在城里找对象结了婚。结婚那天，爷爷奶奶有事没能去，就一直惦念着，后来听说小丽将婚礼录像制成了光盘，就叮嘱小丽回家时别忘了带光盘，他们很想看看孙女的婚礼。

这天小丽要回娘家了，猛地想起老人的叮嘱，就特地让爱人小吴把光盘拿出来。到家后，爷爷奶奶和爸爸妈妈都高兴地迎上来，小丽拿出那张光盘，笑着问爷爷奶奶："我把光盘带回来啦，现在就放给你们看看吗？"

奶奶嘴一撇，说："不用，不用，咱这机子买了也快一年了，我和你爷爷天天用这玩意儿看戏，我们自己会放，你还是和你妈说说话吧！"说着，奶奶从小丽手里接过光盘，就高高兴兴地和爷爷一起进里屋去放录像了。

小丽和妈在外屋说着贴心话，不一会儿，小丽的爱人小吴突然满头大汗地冲进来，小丽惊呆了："你怎么来了？家里出事儿了？"

小吴慌慌张张地把小丽拉到一旁，连嘘带喘地说："坏了坏了，错了错了！"

小丽奇怪地问道："什么坏了、错了？"

小吴急得头上的汗直往下流："那张光盘拿错了！你带来的不是咱们婚礼的那张。"

"那是什么？"

小吴凑到小丽耳边，小声说："是我从成人商店买来的那张'毛片'。"

"毛片？我的妈呀！"小丽惊得差点跳起来，毛片里都是一些男欢女爱的激情镜头，仅供他们夫妻夜里"欣赏"，这下如何是好？

"唉，都怪我放混了，你走了之后我才发觉，这不赶紧追来了？你快换换，我把'毛片'拿回去吧！"小吴一边说着，一边就从包里拿出一张光盘，递给小丽。

小丽接过光盘，忐忑不安地往里屋走，心里想着该怎样对爷爷奶奶说，她感到很为难，步子越迈越沉重。

她刚走到门口，里屋的门"吱呀"一声开了，只见爷爷手里拿着张光盘，正要出来。爷爷脸上有些难为情地对小丽说："小丽，你给俺的是下集，你们进了洞房后的这些事，咱们就不要看了，咱们就看上集……"

（刘六良）

（题图：李　加）

您认认吧

　　某大学举行生物学期末考试，内容是飞禽辨认。这门课的教授以严厉著称，期末考试尤其如此。

　　考试当天，学生们发现，教室的讲台上放着几个小小的布袋，几只鸟爪从袋子下面露出来，每个袋子旁竖着一个记号牌。考试铃声过后，教授发话了："你们知道，今天的期末考试要占本学期成绩的大部分，但是考试要求很简单，你们只需认出讲台上的几种鸟，写下它们的编号、拉丁学名和通用名字，就可以了。"

　　一个学生站起来发问："教授先生，您是否可以把那几个袋子拿掉？这样，好让我们看清楚那几只鸟的模样。"

　　"不行，这些鸟爪才是考试的重点。如果这学期你认真听过课，现在你就能凭着这几只爪子认出它们。我在课堂上已经反复强调过爪子这个部位了,难道你还不能认出它们来?"教授说得有板有眼。

学生有点吃惊:"教授先生,您的意思是,您认为我们仅仅通过这些鸟爪子就能认出它们来? 这太不可思议了。"

"我很抱歉,这考试恐怕有点为难你了。不过,好好回忆一下吧,也许情况没那么糟。"教授显然有些不耐烦。

"不,这考试太荒唐了,简直让人无法忍受。我决定退出考试,我要走了。"学生开始收拾东西。

教授踱下讲台,走到学生跟前,说:"如果你要走,请把你的名字告诉我,这样我可以不记你的分数。"

学生怒不可遏,大步走出教室,然后从门外伸进一只脚,理直气壮地对教授说:"您认认吧!"

（周易尘）

（**题图**:李　加）

猛鬼电话

以前的电话机,不像现在这样拨号的时候按键,是要用手指插进一个有洞的圆盘,然后转动拨号。

小明家的电话号码是444——4444,这个号码似乎不是很吉利,读起来觉得有种不舒服的感觉。

一天午夜12点的时候,电话铃响了。小明觉得奇怪:这么晚了,谁还会打电话来?

小明拿起电话,话筒里先是没有任何动静,不一会儿传来一个可怜巴巴的声音:"请问这里是444——4444吗?可不可以帮我打个电话报警?我好惨啊!"

小明吃不准对方到底是什么意思,想了想,说:"你既然可以自己打电话,为什么不直接报警?"

对方回答说："不好意思，我只能打电话到 444——4444，没办法打给别人。"

小明一听，差点没被吓死，赶快把电话挂了：只能打 444——4444，难道这人是鬼？

过了一会儿，电话铃又响了，小明不敢接。可不接，铃声就一直响着，没办法，小明只好接。

还是那个人的声音："请问这里是 444——4444 吗？我刚才打过电话来，可不可以帮我打电话报警？我好惨啊……我的手指卡在电话拨孔里，拔不出来了……"

（余　晗）

（**题图：李　加**）

喷嚏大侠

　　小丁感冒了,坐公交车去医院看病。在车子上,他正好看到一高一矮两个小偷合伙要偷一个外地人的皮夹,就故意"啊嚏"打了个大喷嚏,吓得两个小偷只好把手缩回去。

　　可是下车后,小丁就被这两个小偷盯上了。他顿时傻了眼:报警吧,凭啥说他们要报复自己? 干一仗吧,看这两个小偷的模样,自己绝对拼不过他们。怎么办? 他急出一头汗来。

　　拐过一个路口的时候,两个小偷逼了上来。矮个一把揪住小丁的头发就骂:"你小子活腻了是不是,竟敢管老子的事。哼,老子今天非给你点厉害瞧瞧!"

　　高个没等小丁说话,猛地就从腰里抽出一把尖刀,在小丁眼前晃悠,狞笑道:"你不是喷嚏打得跟原子弹似的吗,现在打呀!"

小丁张了张嘴:"我……我……啊嚏——"他话没说完,一个喷嚏又打了出来。

随着这一个喷嚏的骤然爆发,高个忽然"啊"地惨叫一声,扔下刀子捂着脸就跑:"我的眼睛,我的眼睛呀!"他的手上不断有血渗出来。

矮个吓坏了,赶快追上去:"你怎么啦? 怎么啦?"

高个一把抓住矮个的手,说:"快跑,我们遇到高人了!"

两个家伙转眼就跑得无影无踪。

小丁迷惑不已:怎么自己一个喷嚏竟然就能把小偷的眼睛打出血来? 一摸,嘿嘿,刚装的假牙不见了!

(傅昌尧)

(题图:李　加)

会 说 话

　　几个农家嫂子坐在大树下说说笑笑，彩云却不敢随意开口，她怕别人说自己嘴笨，只好自顾自逗自己的孩子玩耍。

　　这时，一个白发苍苍的老大爷走过来，对一个农家嫂子说："你打的毛衣真漂亮！"

　　这个嫂子说："不漂亮，不漂亮，我当姑娘时打的毛衣，那才叫漂亮呢！"

　　老大爷听了，笑眯眯地说："你真会说话！"

　　彩云听了，心想：这就叫会说话呀？我要学着点。

　　这时，只听那个老大爷又对另一个嫂子说："你唱的歌真好听！"

　　那个嫂子说："不好听，不好听，我当姑娘时唱的歌，那才叫好听呢!"

老大爷听了,对她赞不绝口:"我知道,我知道,那时,你迷倒了多少小伙子啊!"

嫂子们被老大爷的话逗得大笑起来,彩云也情不自禁地笑了,心想:这样的话,我也会说。

正在这时候,老大爷转过脸来,笑着对彩云说:"你的孩子真好看!"

彩云连忙说:"不好看,不好看。"

"哎——"老大爷说,"咋不好看?你看他的眼睛,水汪汪的;你看他的嘴唇,红嘟嘟的。分明是个小帅哥嘛!"

彩云一听,赶紧现学现卖,模仿别人的话说:"我……我当姑娘时生的孩子,那才叫好看呢!"

(张金初)

(题图:李 加)

一屋子都是兔子

一天晚上,阿珍接到一个电话,是一位很久没有联系的女友从北京打来的,女友在电话里笑嘻嘻地说,要阿珍参加她的"爱情小测试"。看女友兴致这么高,阿珍爽快地答应了。

女友说:"我给你几样东西——房子、兔子、老虎,还有'你'自己。你可以凭着直觉,编一个故事。"

阿珍想了想,说:"有一只老虎在追我,我吓得赶紧把兔子丢给老虎,然后自己跑到房子里面躲了起来……"

女友听了哈哈大笑,说:"哇噻,原来你是这么保守的人啊!告诉你吧,老虎代表的是老公或老婆,兔子代表的是情人,而房子则代表了家庭。看来你是个家庭型的女人,而且以后也不太可能会有外遇。"

阿珍听她这么说，觉得挺满意："那好，那好！"

忽然，女友又在电话那头神秘兮兮地说："喂，阿珍，拿这个问题去问问你老公，看他怎么说！"

阿珍一想，对呀，正好可以考验他一下嘛。

这天晚上，老公下班回来，阿珍如此这般对老公一说，然后就迫不及待地等他编故事出来。谁知老公的故事竟然是这样编的："在森林里，我看到一只老虎在追赶一只兔子，我就赶紧打开房门，让兔子跑进来，让它躲起来，然后，我把老虎赶走了……"

阿珍听老公这么编故事，心里很不好受，骂他没有良心，弄得他老公莫名其妙。后来，直到阿珍把事情的前前后后一说，他老公才如释重负，笑着轻轻地用手指点着阿珍的脑门说："哎呀，谁叫你当母老虎呢？你温柔一点，我也就没有兔子啦！"阿珍听了，举起小拳头直往老公身上打："你好坏呦！"

事情还没有完！第二天下班后，阿珍的老公一路笑着回到家里。阿珍问他什么事这么开心，他没开口就先笑弯了腰，说："你知道我们老板是怎么编那个故事的吗？"

阿珍挺有兴趣地问："怎么编的？你快说说。"

老公说："我们老板是这样编的——我走在路上，看到一只凶恶的母老虎，就学英雄武松，三下五除二把它打死了。等我回到家里，打开房门一看，哇！一屋子都是兔子。"

（俞　昊）

（题图：李　加）

不能接近的目标

　　教练带着一群少体校游泳队的女队员来到一个僻静的小海湾集训，见到美丽的大海，姑娘们兴奋不已，纷纷跳入海中畅游。可是不久，教练就发现有情况：此时宽阔的海面上，只有一名男子在游泳，那个男子既不上岸也不向远处游，两只眼睛紧紧盯着那些女队员们看。

　　教练认定这男子是个色狼，他忙对女队员们说："姑娘们，以那个男子为目标，向他发起进攻，比比谁游得快！"队员们听到命令，立即争先恐后地朝那个男子游去。

　　那个男子见姑娘们突然朝自己游过来，吓得惊慌失措，掉头就向深海处狂游，一边游一边不停地喊："你们别过来！别过来！"可姑娘们哪里听他的，仍然在后面穷追不舍。

眼看就要追上了,奇怪的是所有的队员突然停止了追赶,纷纷游了回来。教练非常生气,责问她们为什么不听命令,队员们红着脸都不回答。

见教练追问得紧,一个队员吞吞吐吐地说:"我们……我们不能再游过去了!"

教练火了:"为什么不能游过去?你们离那个人还有好几米呢,你们以为我看不见啊?"

正在这时,海面上那个男子大声喊起"救命"来,原来刚才他游得太急,这会儿腿肚子抽筋,支持不住了。教练怒气未消,冲着队员们呵斥道:"快,这就给我过去救人!"

还是那位队员,又吞吞吐吐地说:"教练,我……我们不能过去,救了他我们怕就得……"

教练怒气冲冲地说:"那好,我不怕,我去!"

这时,男子叫"救命"的声音更加急促了,教练来不及多想,一个猛子扎入海中,朝男子游了过去。游到离他还有几米远的地方,教练突然发现,原来这个男子是个裸泳者,没穿衣服,光着身子呢!教练这才恍然大悟,难怪这男子见姑娘们追他时要拼命逃,也难怪姑娘们不听自己的话。

那男子看见教练来救他,像抓住了救命稻草:"快,快把你的裤子借我穿一下,我要上岸去,我已经在水里泡了两个小时,实在撑不住了!"

救人要紧,教练二话不说,就把自己的泳裤脱给了他。只见他穿上后拼命朝岸上游,上岸后抱着衣裤就跑。教练突然醒悟过来,冲着男子急叫:"我的裤子……还我的裤子!"

(邓　发)

(题图:李　加)

新行业

　　张琳和赵雨两人都是中学老师,平时工作忙,没时间休息,这年暑假,终于可以放松放松了,两个年轻的女孩儿决定结伴去度假。

　　来到一个避暑胜地,两个人疯狂地玩了几天,后来觉得人多太闹,于是就在附近租了一个小木屋,住了下来。

　　两人爬山、钓鱼、画画、拍照,体验到了另外一种乐趣,可是到了晚上,她俩却犯了愁,提心吊胆起来。原来,她们住的小木屋就在森林边上,天一黑,外面黑乎乎的,看不到一星灯光。天哪! 这要是坏人来了,怎么办? 有没有野兽呢?

　　白天玩得很累,晚上又不敢睡,她们都有点受不了了。赵雨就对张琳说:"你说怎么办啊? 我不敢睡,你心眼儿多,想个办法吧。"

"我也不敢睡呀!"张琳歪着脑袋想了半天,最后说,"有了!"

第二天,她们找到一位干杂工和卖鱼饵的老头,说晚上睡觉有点怕,问老头晚上能不能睡到木屋外面的阳台上,给她们壮壮胆,她们愿意给他一些钱。

反正在哪儿也是一样睡,况且还有钱拿,何乐而不为? 老头高兴地答应了。于是接下去的几天里,张琳和赵雨每天都能开心地玩,安心地睡了。

一个礼拜后,她们打算回家,临走之前,特地去老头那儿道别,没想老头家门口放着一块木牌,木牌上用油漆新刷了一行字:老李头商店——出售鱼饵,专干杂工,外带陪女人睡觉。

(小　冰)

(**题图**:李　加)

更夫的要求

　　传说直隶文安洼一带曾经出现过一种罕见的动物，叫霹雳虎子。这东西只在夜间出现，相貌酷似壁虎，形体大如家犬，而且颇具灵性，最擅长入户盗窃。

　　有一更夫，五十来岁，鳏居多年，靠夜间巡逻打更为生，家境比较贫寒。他听别人讲，只要能捉到一只霹雳虎子，向其索要任何东西，哪怕是金银财宝，它都能给你盗来。正当他梦寐以求的时候，运气真的就来了！一日深夜，更夫刚刚敲完三更天的梆子，竟意外捉住一只正欲入户行窃的霹雳虎子。

　　"可算捉到你了，看你往哪儿跑！"更夫故意装出凶狠的样子吓唬它。

　　霹雳虎子吓得浑身颤抖，哆哆嗦嗦地哀求道："你有什么要求尽管说,只要放了我,要什么我都会给你弄来!"

更夫心想,这次可逮住发财机会了。可一下要说出想要的东西,还真挺难,想了半天,他终于决定不能太贪,于是说:"我也不难为你,只要够我后半生用的就行!"

霹雳虎子咧了咧嘴,似乎有些吃惊的样子,但还是一口应允了下来。他们约定两天后三更时分在这里交货,不见不散。

更夫不放心:"到时候你若不来怎么办?"

霹雳虎子恳切地说:"我们这种异类虽然不如你们人聪明,但还是讲信用的。"

更夫这才放了它。

随后的两天里,更夫是在极度兴奋和喜悦中度过的,一想到穷日子就要到头,更夫心里别提多美了。

约定交货的日子到了,更夫焦急地等待着那激动人心的一刻。他生怕这霹雳虎子违约,一边巡逻打更,一边往四下里瞧。三更天的梆子声儿未落,一个黑影在他眼前一闪就不见了,一包沉甸甸的东西抖落在他面前。他心里不由暗暗佩服:这霹雳虎子可真是信守承诺啊!

更夫迫不及待地俯身去抓那一包物件,哈哈,硬邦邦、沉甸甸!他的心"突突"地狂跳起来:包里面肯定是金银珠宝啊,要不怎么会这么沉呢?

借着月光,更夫哆哆嗦嗦地把包打开,一大捆整整齐齐的东西呈现在他面前。他睁大老眼仔细一看,一下子呆住了——原来是一捆打更用的梆子。

(王国旗)

(题图:李　加)

半夜狗叫

　　住一楼的牛哥最近弄来条名叫"大将军"的狼狗,血统高贵,威风八面。

　　有大将军守护,邻居们这下总算高枕无忧了,他们非常感激大将军,谁家买回香肠、熟肉什么的,都忘不了给它一块做奖赏。大将军也很快与邻居们熟悉了,凡是认识的人,它总是摇着尾巴欢迎,要有陌生人出现,它可就不客气了,一阵狂吼,非得把他赶出老远才罢休。

　　小秦的儿子今年八岁,与大将军混得最熟,一有空就跑去找它玩儿,还把家里最好吃的东西分给它吃。

　　有一天,小秦见儿子拿着"补脑液"喂大将军,一边喂一边还说:"我在训练它做算术题,它需要补脑子。"

小秦骂儿子在瞎胡闹，儿子不服气，当场就让大将军做表演给小秦看。

儿子问："二加四得几？"

大将军当真就"汪汪汪"地叫了六声。

儿子又问："八减五呢？"

大将军似乎想也没想，连"汪"了三声。

一连考了几道题，大将军全都准确无误地回答出来，小秦在一旁看呆了。

八月十五那天晚上，邻居们聚在楼前的空场地上赏月，还有人在路灯下下棋、吹牛、聊天。小秦和老婆从楼上下来，看到一群人正围着儿子和大将军看热闹，原来儿子又在让大将军做算术题了。大将军把儿子出的题——破解，邻居们看罢无不喝彩称奇。接着，一群孩子又和大将军玩飞盘，只见大将军上蹿下跳、左扑右闪，做出种种高难度动作，引来一阵阵欢声笑语。一时间，大将军成了大家心目中的明星，看到高兴处，小秦老婆竟把小秦手中的月饼夺下来，喂给了大将军。

可没想到，当天晚上，大将军有些反常，大家散了之后回到家正要睡觉，忽听大将军大叫起来，一开始还以为它是在履行职责，驱赶外来的陌生人，可这一叫竟没完没了。

小秦老婆说："可能它刚才玩得太兴奋了，一时半会儿静不下来。"

小秦睡觉倒是从不怕惊扰，几声狗叫影响不了他，他照样一觉睡到天亮。可醒来后却听老婆直抱怨："大将军叫了一晚上，吵得我一宿没合眼。"

小秦老婆平时上三班倒，耽误了睡觉可不是小事儿。小秦送儿子上学时，正好在楼下碰到牛哥，小秦就对牛哥说："你那大将军犯什么病了？昨晚叫了一宿，你得想法管管它才行。"

正说着，又有几位熬红了眼的邻居凑过来，向牛哥提抗议，对大将军的行为表示不满。

"这事儿根本不怪大将军!"牛哥冲着小秦嚷嚷,"都是你儿子惹的麻烦!"

小秦一愣,回过头问儿子是咋回事。

儿子说:"我想出一道难题考倒它,没想到大将军竟答出来了。"

"什么难题?"

"一万五加上两万五等于多少。"

"整四万啊!难怪它喊了一个通宵,是在做算术题啊!"

大家听了,全都惊叫起来!

(吴　港)

(**题图**:李　加)

灭火英雄

　　有个富翁的小别墅，这天突然起了大火，消防队员闻讯及时赶到现场，进行扑救。

　　经过一场顽强的战斗，大火终于被扑灭了。在这场灭火行动中，一个叫尚伟强的消防队员表现神勇，冒着生命危险冲入火海，将富翁的女儿莎莎救了出来。

　　不曾想，这场火刚刚扑灭，另一场火却又燃烧起来。原来莎莎小姐发现救她的是一个英俊潇洒的帅小伙，竟一见钟情，心中燃起了炽热的爱情之火。从此，她有事没事就来找尚伟强，以表达谢意为由，不是送礼物就是请吃饭，一片浓情溢于言表。

　　这么一来，尚伟强可犯了难：这莎莎不但长得又矮又胖，像个肉墩似的，而且为人也太俗，什么珍珠、项链，凡是值钱的东西全都往身上挂。当然,更重要的是,尚伟强已经有对象了,他是个老实人,既不会逢场作戏,又不忍一口拒绝人家,因此愁得不知怎么办才好。

无奈,尚伟强只得去找教导员,把自己的心思跟他说了。教导员听完乐了:"亏你还是个灭火英雄呢,就这么点火都灭不了?你不会含蓄一点、婉转一点,把你对她的看法说出来吗?"

"含蓄一点?婉转一点?"

"是呀!含蓄一点!婉转一点!还不懂吗?去,好好想想!"

尚伟强回到队里,整整想了三天三夜。

这天,莎莎趁他不上岗,又把他约了出来。两人来到一个休息的地方,莎莎嗲声嗲气地对尚伟强说:"我知道你有女朋友了,但是只要你没有结婚,我都是有机会的!你想,那么多人中只有你救了我,说明我们俩是有缘分的!"

莎莎话音刚落,尚伟强鼓起了勇气,说:"莎莎,其实,我没有你想的那么好。那天在现场,我透过火光,看到了一只煤气罐,我怕引起爆炸,只是出于职业的习惯,才冒险把它抱了出来。没想到,原来是你……"

"啊,我是一只煤气罐?你……你竟这么看我?"莎莎猛地站起身,把肥腰一拧,走了。

尚伟强愣了愣,一溜烟找教导员汇报去了。

(庞洪成)

(题图:李 加)

老实交代

妻子出差回来那天，正巧丈夫在单位里开会。

丈夫到家时天都黑尽了，看到妻子回来了，好想和她亲热亲热，可妻子却拉长了脸问他："你老实说，我出差这些天谁来过咱家了？"

丈夫看看妻子的脸色，小心翼翼地回答说："隔壁芳芳来过呀，你在的时候，她不也三天两头的来找娟娟玩？"

妻子还是唬着个脸不开心："咱不说小孩，说大人！"

"大人？"丈夫一拍脑袋，"对了，芳芳她爸阿杰也来过，来还我们家的碟片。"

"你别给我贫嘴，咱说女的！女的有谁来过？"

"女的？没事女同事上门来干什么？"

丈夫回答得很干脆,可妻子还是死盯着要丈夫老实交代。丈夫没了辙,不知道说什么好。

妻子看丈夫不肯说,眼泪就下来了:"那天你在洗澡,来了一个女的,她和你说话,看你洗澡。你老实说,这事儿有没有?"

丈夫听了一愣:来了一个女的?还和我说话、看我洗澡?哪有这么荒唐的事啊?忽然,他仿佛悟出了什么,哈哈大笑起来:"准是你听岔了啊!你怎么也不想想,我会是那样的人吗?对了,那天我买了许多红枣,放在盆里洗,你二姐来了,就站一边看我洗枣,和我说话。准是娟娟说的吧?她把'二姨'说成了'阿姨',你呢,居然把'洗枣'当成了'洗澡'。你像话吗?"

妻子一听,顿时破涕为笑。

(聊　君)

(题图:李　加)

猪成精了

　　有一个贼,先是偷了一辆摩托车,黄昏的时候经过一个村子,看到一户农家的猪圈里卧了一头小肥猪,于是下手把小猪也偷了出来。

　　那贼想把小猪绑在摩托车后座,可惜后座太窄,绑不下,于是只好把小猪抱上摩托车的踏板,让小猪的两只后蹄站在踏板上,两只前蹄趴在摩托车车把上,这才带着小猪逃出了村子。

　　可刚一出村,小猪就不安宁起来,不停地挣扎。贼一急,便用绳子把小猪的两只后蹄死死绑住,又把小猪的两只前蹄分别绑在摩托车的两个把手上,然后把自己戴的头盔套在小猪头上。小猪眼前一片漆黑,这才安静下来。

　　那贼载着小猪仓皇逃窜!一会儿,小猪的主人发现小猪不见了,连忙向派出所报案。由于最近村里丢了不少牲畜,派出所所长高度重视,连忙派两个民警开车追击。

两个民警拉响警笛,沿着摩托车的车轮痕迹,一路追赶。

此时,天色渐渐暗了下来,路两边是一望无际的玉米地,那贼听到后面的警笛声,吓得浑身发抖,情急之下他身子朝后一蹿,从摩托车上跳下来,然后就地一滚,"哧溜"一下就滚进了玉米地。而这时的摩托车上,小猪的蹄子刚好蹬在油门上,而且由于巨大的惯性,摩托车非但没有倒下,而是载着猪以更快的速度摇摇晃晃地继续飞速前进。

不一会儿,警车终于追上了摩托车。两个民警一看,惊呆了,慌忙用手机向派出所所长汇报:"报告所长,可不得了啦,这猪是自己跑出来的!而且,猪……猪还戴着头盔,正自己驾驶着一辆摩托车,以时速 40 公里的速度,仓皇向南逃窜呢!"

(张劲辉)

(**题图:**李　加)

「小」字为上

　　吴雨婷才三十出头就觉得自己老了，一有时间就照镜子，只要发现自己多了一根白发、几条鱼尾纹，她都会慌得手足无措。

　　这天，她路过农贸市场，见一个摊上的青菜新鲜极了，正要上前问价钱，就听那个小贩冲她说："大姐，买一点吧！"

　　吴雨婷见那小贩四十多岁了还叫她大姐，像有一记耳光扇在脸上，她用刀子一样的目光剜了对方一眼，咬着牙没有停步就走开了。

　　可是吴雨婷在市场里转了一圈，发现没有一家的菜比那小贩的好，没办法，只好又转了回去。

　　她问那小贩："多少钱一斤？"

　　小贩说："二块二。"

吴雨婷说:"太贵了吧?"

那小贩一咧嘴,操着方言说:"好我的老姐姐,你也不看看我这菜……"

他这句话还没说完,吴雨婷就像被蜂蜇了似的大声喊道:"瞎了你的狗眼! 你看清楚了再放屁好不好?"

小贩愣住了,吃惊地说:"好我的姑奶奶! 你怎么生气了? 我有什么不对的地方,你好好说嘛!"

吴雨婷一听,一股怒火直往上蹿,拉开嗓子就骂了起来,直把小贩骂了个狗血喷头。

小贩这个气呀,他连自己为什么挨骂还没弄清呢! 好不容易趁吴雨婷喘气儿的空隙,他使出吃奶的劲儿反骂了一句。

没想到这一句骂出去,吴雨婷猪肝一样的脸色立刻"阴转晴"了。

那小贩骂了句什么呢? 原来小贩实在忍不住了,骂她道:"你、你个不识抬举的小丫头片子!"

(余 羊)

(题图:李 加)

会心微笑

在这世界上，各人有各自不同的人生道路，有各种人生观。以微笑面对人生，应当是一切人生观的出发点。

县长与老杨树

朱光当上了巴县的县长，这消息很快便传到了城南乡。

这天，吴乡长一早就急忙找来马秘书，对他说："刚才县里来了电话，说朱县长后天就到咱乡检查工作。据我所知，朱县长曾在咱这里插过队。你下去打听打听，弄点材料来，咱们要想方设法唤醒县长对咱乡的感情！"

马秘书不愧是办事的好手，当天就挖到了一份珍贵的材料，向吴乡长汇报说：朱县长当时就住在牛二家，牛二本人现在住在敬老院。吴乡长马上指示他找到牛二，把朱县长住过的房子好好布置一下。

马秘书心领神会，当下就风风火火赶到敬老院，找到了牛二。转了几个弯，牛二才想起有这么个青年，住过一阵子，可原先的房子早因为修路拆掉了。马秘书再三启发,问朱县长有没有留下纪念物。牛二想了老半天,最后捋着山羊胡子还是什么也想不起来。

马秘书眼珠一转,从小饭店买来酒菜,请牛二小叙。酒过三巡,牛二满面红光,有半分醉意,这时突然大叫一声:"有了!"他总算想起一件有关朱县长的事来!

牛二说,朱县长当年是知青时,有个独特的爱好,喜欢偷生产队里的花生、大豆、鲜棒子、瓜果桃梨什么的,他常把偷来的东西藏到桑园东南边上那棵老杨树上,天黑后再拿回去吃掉……那棵老杨树至今还在。

马秘书立即回乡政府作了汇报,吴乡长听了直摇头,说:"不妥,不妥!"认为它事关县长的名誉,玩笑开不得。最后,吴乡长让马秘书回家再想想。

马秘书想了一宿,熬得眼睛通红,这才有了一条妙计,第二天爬起来就去找吴乡长。吴乡长听了,拍案叫绝!

第三天,朱县长如期到城南乡检查工作,吴乡长特意安排检查团去桑园,那棵老杨树就在桑园边上。

果然,当车路过老杨树前时,朱县长真的让司机把车停下来。他走出车门,走近老杨树,看见树上挂着一块白木牌,近前才看清楚上面用红漆写着:世上无难事,只要肯攀登——青年实验田。

朱县长看看吴乡长,大声笑了起来……

(陈　忠)

(题图:李　加)

老保姆

李三儿子小，夫人又上班，就想雇个保姆。夫人翠英是个醋坛子，不许李三雇年轻女人，李三说："那就干脆雇个老头吧，我去老家雇。"

雇回的老头很称心，办事有头绪，凡事很操心，人是老些，但这家还是给收拾得井井有条。

翠英问李三："这新来的老汉咋这么尽心尽力呢？"

李三说："为了挣钱呗，还有啥！"

又过了一段时间，翠英发现这老头和自己儿子关系很融洽，就又追问李三："这老头到底是谁？"

李三红着脸说："你要是不吃醋，我就说。"

翠英表示坚决不会，并且发了誓。

李三说:"真叫人难以启齿,他家儿媳妇和我如胶似漆,所以老头很体贴我们。"

翠英当时就要跳起来,但想起自己发过誓,只得强压怒火,瞪着眼没有说话。

第二天,翠英实在憋不住这口酸溜溜的醋腥气,就背着李三和老头说了李三的私情。

老头说:"这是实话。不过,有些事你可能不知道,他的母亲是我几十年的老相好,我拿他没法不当儿子,没法不体贴他。"

翠英有些惘然。

原来,翠英是有名的"母老虎",从来不提及关心公婆的事。前年,婆婆去世,李三悄悄带些钱回去料理了后事。李三想接父亲回家,又怕搞得家庭不和,只好找机会。这次家里找保姆,正好遂了李三的意,父子俩商量先不说破,故意把话说得拐弯抹角。

翠英事后知道了真相,气得大骂:"两个'花绰绰',一对坏东西。"

(孙明喜)

(题图:李　加)

男人的毛病

快下班时，老婆给阿东打来电话，说晚饭不回家吃了，科长有请。

下班后，阿东到幼儿园接上女儿，晚饭时父女俩就吃了两袋方便面。晚上，女儿睡觉了，阿东打开电视，坐在沙发上，手拿遥控器开始看电视：经济信息，换台；古装戏，扭捏作态的，没劲，又换台；都市言情片，小蜜傍大款，这女主角长得还可以……现在有人说"男人有钱就变坏，女人变坏就有钱"，还真有几分道理。

两集电视剧看完，门开了，老婆满面红光、摇摇晃晃进了屋，手里紧攥着一盒高级化妆品。

阿东递过一杯热茶，问："买的？"

"送……送的……"老婆喷着酒气，趔趔趄趄着向床上倒去。

"谁送的?"

"科……长……"老婆眯着眼,呓语着,"科长真好,第一天上任就送我一盒高级化妆品,还一个劲喊我妹子。我说你呀,出差多少趟,连盒唇膏也没给我买回来过。"

阿东看着眼前这情景,想着刚刚看过的电视剧,心里很不是滋味,抱个枕头,躺到了沙发上。

第二天早晨,阿东的老婆醒来,见阿东正在沙发上酣睡着,"噗嗤"一笑,说:"唉!科长说她丈夫常睡到半夜莫名其妙地跑到沙发上,我听了还不信呢,原来男人都有这毛病!"

(吕新生)

(**题图**:李　加)

一夜奔波

马大哥和马大嫂因为要翻修房屋,商量着要到六十里外的灰窑拉石灰。这里是平原地带,四周看不见山,村上除了几个经常在外面搞运输的之外,这些老实、本分的庄稼人,几乎都没出过远门。

长话短说,这一夜马大哥夫妇没睡好,一肚子心事呀,约摸半夜,估计也就两点左右吧,夫妻两人匆匆起床,推着一辆架子车,按照事先打听好的路线,顶着浓浓的夜色上路了。

夜幕中,夫妻两人拉着架子车,肩并肩地走着。路上,他们很少说话,夫妻这么多年了,有什么话,平时该说的也就说了,现在找话说也不现成,所以,就这样闷头闷脑地走了一个多小时。

正走着,马大哥突然想起了什么,一拍脑袋说:"呀,咱们啊,真是傻到家了！两个人走和一个人走还不是一样吗？一个人拉车，另一个人还可以在车上歇一会儿呢！"马大嫂也顿时恍然大悟，就这样，夫妻两人一替一换地又走了近两个小时。

这次又赶上马大哥拉马大嫂。走了好一阵子，马大哥感觉到两只拉车的胳膊有些酸痛，是啊，长时间一个姿势能不累吗？他又好像想起了什么，突然由拉换成了推，推着走，马大哥似乎感到又省力了许多。"嘿，这一拉一推大不一样，这真是不动脑子，就是傻子啊！"马大哥自言自语着。

又走了一阵子，马大哥睏意上来了，不得不喊醒车上熟睡的马大嫂。睡意蒙眬的马大嫂接过车把时，马大哥早已躺在架子车上了，眼睛一眨，已鼾声大作。马大嫂心疼地看了看丈夫，脱下外衣给他盖上，然后拉起车继续前行……

不多时，天渐渐亮了，路边的景色越来越清晰，马大嫂边走边观赏着周围的景色，不由得哼起了从有线广播里学来的豫剧选段："走了一道梁来，翻一座山……"

咦，不对呀！不是说天亮就能看到山吗？怎么没有啊！可能还不到吧？又走了很长的路，还是没看到山的影子，反而看到了她越来越熟悉的景色，最后，她看到了村东头那棵长了两百多年的大槐树！

马大嫂没有想到：马大哥原是推车，她醒后却换成了拉车，把方向弄反了！

（朱照根）

（题图：李　加）

想开了

　　王大挖河回来，他兄弟王二过来串门，随口问道："哥，这回出门碰上什么稀罕事了吗？"

　　王大乐呵呵地回答说："兄弟，这回挖河的人那么多，可谁也没我有福——他们挖了那么多天，什么也没挖着，我头一锨下去，就挖着一只铜马！"

　　"哎呀！"王二惊喜地叫了起来，"那叫文物，值老鼻子钱啦！"

　　"谁说不是！"王大眉飞色舞地说，"我一出手就挣了五万块。"

　　"钱呢？"

　　"分给挖河的哥们了。"

　　王二一听，立时急红了脸："分给他们干吗？"

王大满不在乎地说:"兄弟,我算想开了,这事大伙儿都看见了,不分,情面上说不过去。再说,我一个人拿着那么多钱,早晚是个祸根。"

"你——"王二气得一甩手,愤愤地走了。

第二天,王大刚起床,王二又来了,耐着性子对王大说:"哥,我想了一夜.那钱咱不能分给他们,就是分,也只能分给他们三分之一。"

王大挠着头皮说:"兄弟,分出去的东西哪能再要回来呢?"

"哥——"王二激愤地叫道,"那钱是咱们的,他们没理由拿一分!"

王大见状,拍拍王二的肩膀说:"兄弟,我想开了,分就分了吧,反正——这事也不是真的。"

(李宽云)

(题图:李　加)

示范动作

　　业余运动员李明要参加省里的自行车比赛,为此,他训练了很长时间,也流了不少汗水。但由于是初次参赛,经验不多,所以对能否在赛场上拿名次心里没底,便专门找吴教练指导了一上午。

　　中午,师徒俩推着自行车一道回家。路上,吴教练对李明说,比赛这东西主要靠技术,但也不能忽视战术。"战术?"李明似乎有些听不懂。吴教练想了一想,说:"打个比方说吧,比如你和另一个人参加比赛,你上场时有些一瘸一拐,对方就可能认为你训练中受伤了,因此产生麻痹心理,而实际上,这可能是你的一个小花招。有时候,这个小花招说不定会起大作用呢。"吴教练一边说着,一边表演起来,装出一瘸一拐的样子,并且龇牙咧嘴,像是忍受着巨大的痛苦。李明嘴里"嗯嗯"应着,但心里却有些不以为然,他想:所谓比赛就是赛技术,这些小名堂能起作用?

说来也巧,就在这时,离他们不远处,有一个刚刚入道的小偷和他的师傅正在寻找目标下手。只听师傅小声对徒弟说:"干咱们这一行的,要眼观六路、耳听八方,要学会选准下手对象。那些老弱病残者,比较好对付,而对那些膀大腰圆的人,千万不可妄动。"师傅说着,贼眼一溜,盯着迎面一瘸一拐过来的吴教练,低声对徒弟说:"你看没看见那个推自行车的人? 一定是负了伤,看样子伤得不轻。你过去,趁他不备,撞倒他的自行车,抓起皮包就走人。我敢肯定,包里一定有货。"

徒弟有点儿怯场,师傅在一旁给他打气:"别怕,他伤得重,不可能追上你,旁人也不会管这闲事,我保你万无一失。"徒弟于是把心一横,一蹬车就加快速度向吴教练撞去。吴教练猝不及防,"轰"地人车倒地,徒弟趁势夺过他的包,一步跨上车就拼命跑。由于来势很猛,李明和吴教练都愣了,等反应过来,徒弟已蹿出老远。吴教练从没有吃过这么大的亏,不由得怒火中烧:我一个整天玩车的教练居然被抢了包? 当即下令李明快追。

作为自行车运动员,骑车当然是强项,李明上车,在人流车河的大街上如鱼游水,三绕两弯,很快就追上了那个徒弟小偷。李明一个龙摆尾便把他扫下了车,哈哈大笑着说:"就这点本事,还敢来抢车?"徒弟小偷吓得战战兢兢,只好乖乖地跟着李明师徒俩往派出所走,而他的师傅此刻早溜没了影。

路上,教练笑着对李明说:"你明白了吧,这战术只要动脑筋用一点,就会起作用。"李明点点头说:"老师,真有你的! 今天,我又学会了一招。"

徒弟小偷听说这两人一个是自行车运动员,一个是教练,心里那个懊悔,甭提啦!

(晨 雨)(**题图**:李 加)

意外的惊喜

有个女工，平时夜班回家都是她丈夫来接她的，可是这几天她丈夫出差了，所以只好自己硬着头皮回家。

女工走在路上，心里吓得直打鼓，经过一条小巷时，果然跳出一个人来，手里拿着明晃晃的匕首，冲着她低声喝道："站住，把身上的钱都拿出来！"

女工哆哆嗦嗦地想喊，强盗把刀架在她脖子上："不许喊，喊就要你的命！"

女工一看没辙，只好把身上刚领的500元钱交出来。

强盗还不罢休："你还有什么值钱的东西，统统拿出来！"他一边说，两只眼睛一边往女工身上猛扫："嗨，耳环、项链，拿下来！哈哈，这戒指、手表也不错嘛！老子今天撞大运啰！"

女工知道自己今天是逃不过了，只好乖乖地摘下这些东西，统统给了强盗。

路灯照着强盗得意的脸，他好像还没拿够，一眼看见女工身上穿的裙子挺好看，心想：把这裙子带回家给老婆穿，她一定喜欢。于是便叫女工把裙子也脱下来。

女工吓得浑身哆嗦："我……我这样子怎么回家？你就饶……饶了我吧！"

强盗脑子一转，三下两下把自己的外裤脱下来甩给了她："别啰嗦，老子成全你。"

女工也不顾什么了，换上就走，慌慌张张地回了家。

到家以后，女工越想越窝囊，越想越伤心，刚要放声大哭，可是无意中左手触到裤袋，鼓鼓的，一摸，怎么摸出自己的一串戒指、耳环、项链和手表来？再摸右口袋，500 元钱也回来了？一想，哈哈，原来是那强盗乐昏了头，当时抢来的东西随手塞进裤袋里，后来把裤子甩给女工的时候，又忘了拿出来！

（董　轶）

（题图：李　加）

梦见父亲

父亲早早过世，母亲一直非常怀念父亲，而且会经常做梦，梦见父亲在"那边"因身子瘦弱而遭人欺负。

为了让母亲放心，两个儿子决定给父亲扎两个纸保镖。

老大喜欢泰森，依葫芦画瓢做了一个；老小则挑他自己欣赏的霍利菲尔德加以仿制。

两个儿子对母亲说："父亲有两位世界拳王保护，保管以后只有别人受欺负的份了！"

母亲摇摇头："横行霸道耍威风没有必要，你们爸不喜欢那样，咱只求他平安就行。"

谁知母亲舒心了没几天，又显得忧心忡忡起来。

儿子们再三追问，母亲说："你们弄那两人我想起是谁了，电视上看到过,厉害不假,可在一块儿老打架。要是在你们爸面前打起来,凭他那个头,哪拉得开啊? 我思来想去,就觉着你们爸面前还缺个人。"

　　儿子们忍住笑,问母亲:"缺谁呀?"

　　母亲说:"我琢磨着,得给他派个裁判。"

(胡宝龙)

(题图:李　加)

老式的爱情

夏天的傍晚,夸夸和爸爸妈妈一起在院子里乘凉。

看着天上的牛郎织女星,夸夸突然问:"妈妈,你为什么要嫁给爸爸?"

妈妈说:"你爸爸和我在一个单位工作,人很老实。"

"怎么个老实法呢?"夸夸不满意妈妈的回答,继续追问,"你给我举个例子吧。"

妈妈想了想,笑了起来,说:"那时候,我住在单身宿舍,你爸爸住在自己家里,有一天,他送我回宿舍,刚到门口,就下起了大雨,看样子,一时半会儿停不了。我实在不忍心让他淋雨回去,就让他在我那里住一晚。你猜,你爸当时什么反应?"

夸夸说:"肯定乐得飞了起来。"

　　妈妈笑着说:"错了,他掉头就跑了。"

　　夸夸问:"为什么?"

　　妈妈笑着说:"没多会儿,他又奔回来了,淋得像个落汤鸡,手里抱着牙刷、牙膏,还有打地铺用的席子。"

(刘颖洁)

(**题图**:李　加)

误会

晚上十一点，“哐啷啷”突然传来对门邻居家锅瓢碗盘摔到地上的声音，接着是女人一声喊“救命——”

李某不假思索，拿起一把铁锤快步奔出去，三下两下就把邻居家的门砸了个大窟窿，一脚踹开冲了进去。

可是进去一看，原来是邻居夫妻俩正在看一部武侠碟片，刚播放到女主人遭歹徒强暴的镜头。

邻居又震惊又气愤，指着李某大骂：“你凭什么砸我家的门？”

李某指着电视荧屏再三解释道歉，说：“对不起，对不起，是我误会了。可我总不能见死不救吧？”

邻居说：“那你再砸我的彩电呀！”

李某嗓门响了:"你们怎么能这样说话? 我吃饱了撑的? 能无缘无故来砸你们家的门?"

双方瞪视片刻,最后邻居只好苦笑笑,摆摆手,示意李某出去。

李某回到自己家里,上小学的儿子说:"爸爸真笨,连人家放碟片也听不出来。"

李某压低嗓门说:"你懂什么,以后他们就不敢放这么大的音量,影响你做功课了!"

第二天,果然如李某所说。

(远　云)

(题图:李　加)

如此教子

　　阿洪平时就鬼点子多,他老婆常提醒他在儿子面前要注意点,别把孩子带坏了,他却总是不以为然。

　　这天,他带着六岁的儿子小兵在街上散步,路过一个糖果摊,小兵吵着要吃糖,可刚好阿洪没带钱,看着儿子那副馋相,他眼珠子一转,来了主意。他对小兵说:"要是想吃糖,就得听我指挥,等会我一拽你的衣服,你就赶紧说'阿姨你真漂亮',听到了吗?"

　　小兵一听有糖吃,爽快地答应了。

　　于是阿洪带着小兵走上前,跟卖糖姑娘没话找话地聊起天来。阿洪天生幽默,又是个自来熟,没几分钟就把姑娘逗得直乐。阿洪看看时机已到,便轻轻拽了一下小兵的衣服,小兵按照事先约好的,脆生生地说了声:"阿姨,你真漂亮!"

卖糖姑娘突然听到小孩子这么夸她,满面春光,马上含羞带笑地说:"这孩子真会说话,真乖。"她边说边就抓过一把糖果给小兵。小兵乐得直蹦,对爸爸真是佩服透了。

接着阿洪又带小兵来到中心广场,看见有人在下棋,就忍不住停下来看,让小兵自己在广场上玩。没想只过了一会儿,小兵就哭着回来了,阿洪问他怎么了,小兵委屈地说:"刚才我被一个阿姨骂了!她卖长毛玩具,我想要一个,就按你刚才教我的办法,对她说'阿姨,你真漂亮',可她不但不给我玩具,还叫我滚。我不走,她还要打我……"

阿洪心想:怎么有这样的人啊?女人谁不喜欢人家说她漂亮呢?再说,不给玩具也不能骂人、打人啊?于是他让小兵带他去看看,究竟是怎么回事。

阿洪跟着小兵来到玩具摊前,抬头一看,吃了一惊。这姑娘长得那个叫惨:大嘴塌鼻,一身嘟噜肥肉。阿洪真是又好气又好笑,他把小兵拉到一边,教训道:"刚才卖糖的阿姨挺好看的,你夸她好看,她感觉是吃了糖;这个阿姨这么难看,你说她漂亮,不是给她药吃吗?"

小兵还是有点不明白,问道:"那以后碰到这样的阿姨,怎么让她高兴呢?"

阿洪掐了儿子一把,说:"以后看见这样的阿姨,你就说她聪明,明白吗?"

(平 之)

(题图:李 加)

不用找了

　　餐厅里有个服务小姐叫阿雯,长得很漂亮。

　　有一天,来了一个中年男子,像是个小老板,他要了一碟小菜、一瓶啤酒,坐下来慢慢吃喝。吃完了,一结账,16元,中年男子递给阿雯一张50元的票子,笑嘻嘻地说:"小姐,不用找了。"阿雯没有收,从收银台给中年男子找回来34元。中年男子说:"叫你不用找嘛!"阿雯摇摇头:"先生,我想你是弄错了。"

　　正当相持不下的时候,老板过来了,他把桌上的钱收起来,指指阿雯,点头哈腰地对中年男子说:"这位先生,她是新来的,不懂规矩,我替她谢您了!"

　　第二天,那个男子又来了,还是要一瓶啤酒、一碟小菜,埋单还是给一张50元的票子,说:"小姐,不用找了。"这一回,阿雯没有再推辞,说声"谢谢",笑嘻嘻地收下了。那中年男子见阿雯收了钱,满脸都是笑。

从此,中年男子每天都来,来了就有一搭、没一搭地和阿雯说话,眼光色迷迷地在阿雯身上转悠。每次吃完饭,中年男子总是拿出一张50元的票子,对阿雯说:"小姐,不用找了。"

后来有一天,中年男子又来了,没有看见阿雯,就拉住另一个服务员小丽问:"阿雯呢?"

小丽朝他一撇嘴:"阿雯啊,走啦,不在这里干了!"

中年男子的脸顿时拉得比苦瓜还长,骂骂咧咧地说:"这个死阿雯,我花了那么多钱,她居然一声不吭就走了?她去哪里了?"

小丽说:"这我可不知道。不过阿雯走的时候,倒是给你留了一句话。"

中年男子一听,高兴得不得了,忙问:"她说什么来着?"

"她让我转告你:'先生,不用找了!'"

(廖　颖)

(题图:李　加)

长远计划

　　小王很会过日子，做什么事，都爱精打细算。

　　最近，小王打算与女友结婚。经过一段时间的筹办，可说万事俱备，然而，结婚日期却迟迟定不下来。

　　有同事问他："小王，什么时候举行婚礼呀？"

　　小王笑着说："你们说哪一天呢？"

　　同事们叽叽喳喳地给小王出主意，有的说"五一"，也有的说"十一"，因为都是些喜庆的日子，可小王摇了摇头。

　　过了几天，又有同事问起这件事。小王回答说："我想好了，婚礼就定在我女友生日那天。"

　　同事们一听，都觉得这个决定很有品位，把爱情的意义体现出来了；有些女同事还一个劲地夸小王，说他是个难得的好男人。果然,小王把这个决定告诉女友后,女友感动得差点掉下泪来。

婚礼很快就举行了,效果特好,既排场,消费又不高。婚礼结束后,有几个年轻人私底下向小王取经,问小王:"你怎么想起在老婆生日这天结婚呢?"

小王笑了笑,说:"这你们就不懂了。结婚不能凑热闹,一年当中,节日消费最高;还有一点,更重要的是,选在老婆生日那天结婚,也是为了省钱。你们想,结婚纪念日和老婆的生日放在同一天,可以少买一份礼物,这可是几十年的事情啊!"

(黄晓光)

(题图:李 加)

热恋中的情人,总是能挖空心思想出一些花招来取乐。

这不,张方和他女朋友都是属狗的,近段时间,他们不约而同地想到用生肖来互相取笑打趣。例如,张方去女朋友家玩,吃饭前女朋友会冲他喊:"快把你的狗爪子洗干净,准备吃饭!"吃过饭,两个人出去散步,张方会得意地对女朋友说:"咱们遛狗去吧!"他们把这当成是两人间的秘密语,当作是使双方感情融洽的一剂良方。

有一天上班,老板叫张方给财务部填写一份季度报表,张方忙了半天,总算把报表送到了财务部。财务部经理就是老板娘,她看了报表后,怀疑地说:"里面有些数据好像还有出入,你再去仔细核实一下。"

其实,这些报表张方都已经反复核查过了,他自信不会有错,现在见老板娘不相信他,心里一激动,嘴巴里就脱口而出:"你睁开你的狗眼好好看看,这些数据都是经过反复核查,准确无误的!"

他话音刚落,老板娘的脸色马上就变了。张方吓得脸都白了,马上意识到自己把平时和女朋友开玩笑说的秘密语用到这里来了,于是赶紧道歉:"对不起,老板娘,这是我的秘密语,平时只对心爱的人才会这样说。"

此话刚出口,张方知道又说错了,因为他一回头,发现老板此时正好站在门口……

(一　郎)

(题图:李　加)

嬉 闹 调 笑

即使是调侃式的、半宽容的幽默语言，也能准确无误地表达出责备，而不至于伤害人。

吓死人的眼珠

李家塬有个村民叫刘尔州，是全村有名的二流子，好吃懒做，惹是生非，乡里村上的干部见了全都头疼。

那年，李家塬的水库大坝被水冲毁，乡政府组织村民紧急抢修，全村的青壮劳力都上了大坝，但刘尔州躺在炕上雷打不动。村干部上门催他出工，如不出工就要罚粮罚款。刘尔州不愿挨罚，就懒洋洋地去了。到了工地，刘尔州不肯干活，蹲在一边看热闹。或许是运气不好，该他倒霉，一块炸碎的巨石"哗"地散开，飞溅的碎石不偏不斜击在刘尔州的右眼上，当即血流如注，昏死过去。乡政府派人派车把刘尔州送到兰州一家大医院，医生从眼眶里取出一颗小石子儿，然后装进了一颗玻璃眼球。

从此，刘尔州的眼睛长到额头上了，成了乡政府的"功臣"，只要一听到上级拨来了救济粮、补助款什么的,刘尔州就去乡政府找书记、乡长,一见面就开门见山:"乡长,这次的补助款有没有我的?"话音刚落,他便拿出了"重磅炮弹":把玻璃眼球"啪"地往桌上一拍,就像下注似的。乡长身子一颤,赶紧点头:"有、有、有,没别人的,可不能没你刘功臣的。不过,老刘啊,上个月已经给了你不少,这次只能给你50元。"

"啥?50元?你哄三岁憨娃娃哩!我刘尔州可是因公致残,为了给你们弄政绩,把真眼珠子扔到大坝上换了这个玻璃球儿,咋的,闹了半天就值50元?"说着,"啪"眼珠子又响了一声。乡长只好放软了口气:"那好,给你100元。""啪"刘尔州又将眼珠子猛地一拍,"好好,给你150元。"

刘尔州将玻璃眼球按进眼眶,哼着秦腔凯旋而归了。

有一次,刘尔州的儿子瓜蛋儿和一帮光屁股伴儿玩玻璃弹子赌输赢,不一会儿,瓜蛋儿口袋里的老本全都输光了,伙伴们不愿再和他玩,他就蔫头耷脑地回了家。刘尔州正在睡午觉,那颗玻璃眼球就放在枕头边。瓜蛋儿本想爬上炕睡觉,不料看见了枕头旁的那颗玻璃眼球,小孩子不懂事,正痴迷着玻璃弹子,哪里会去细细辨认,想到又可以去赌个输赢,瓜蛋儿早乐得眉开眼笑,一把抓在手里,跳下炕就去找伙伴儿了。只两三个回合,瓜蛋儿就把刘尔州的那颗宝贝疙瘩输给了小伙伴。恰好这天是刘尔州准备去乡里要救济款的日子,睡完午觉就要出发的,不料一觉醒来不见了眼珠子,眼巴巴地丢了一次进账的机会。老婆不甘心再受损失,于是费了好多周折,四处托人,才从兰州又给刘尔州买了一颗玻璃眼珠子。刘尔州重新拿到"重磅炮弹"后,就猴急地等待着机会。

不久,听说上级又拨下了救灾物资,刘尔州得知消息,立马赶往乡里。乡政府刚刚换届,据说新来的彭乡长曾经在武警部队当过副营长,还立过功,但刘尔州不怕,他有无往不胜的重磅炮弹呢!

　　刘尔州理直气壮地闯进了彭乡长的办公室,彭乡长架子不小,端坐在椅子上起都没起来,只是冲刘尔州笑一笑,问他有什么事,刘尔州也就不客气地说了来意。彭乡长听完,立刻摆出公事公办的架势:"这件事乡政府要认真研究,听说过去给得不合理,群众有看法,这次我们要研究一个合理的方案……"

　　"研究个屁!"刘尔州按照惯例,把玻璃眼珠子"啪"地往桌上一拍,"好哇,你们当官的过河拆桥,老子连眼珠子都赔上了,你们竟这样对待功臣!"说着,"啪"刘尔州拿起玻璃眼球又是重重一拍。

　　这时,彭乡长身子一弯,手往办公桌下一掏,忽听"咣当"一声,他把一样东西重重地扔在桌上——

　　刘尔州吓得差点晕倒:一截人造假腿!

　　"我那次带队伍抓捕武装贩毒集团,中了毒弹,感染了,喏,这就是截掉的半截腿。"彭乡长瞟了刘尔州一眼,笑了笑说:"老刘呀,你说的这事我们要研究,你还有事吗?"

　　刘尔州早已吓得心惊肉跳,一身冷汗:"那就研究……研究吧……"说完,他心慌意乱地退了出去。

　　刚走到门外,忽听彭乡长在身后喊他:"老刘,你的眼珠子在桌上呢!"

（马崎雄）

（**题图**:李　加）

五分钱

张老头这大半辈子,也算是为人正直、处事公道了,可有一件事,直到现在还使他感叹不已。

那时农村还没有实行承包责任制,他担任生产队的队长,那年年终分红结算时,生产队的会计算了三天三夜,最后还剩下五分钱,无法按人头均分。张老头和会计商量了半夜,终于想出了一个公平分配的好办法。

到了分红这一天,全生产队的社员都聚集在谷场上。钱分完了,张老头从口袋里掏出两个大鞭炮,说:"请大家注意听着——"接着他划了根火柴,点着了鞭炮,抛到空中,只听见"啪啪"两声,众人的耳膜全都震得"嗡嗡"作响。

响声刚停,张老头开了腔:"大家都听到了吧,这两个鞭炮,就是用剩下来的五分钱买的,因为这五分钱无法公平地分给每一个人,就只好这样解决啦!现在鞭炮一响,人人都长着两只耳朵,一样都能听到。"

因为得意,张老头又故意问了一句:"大家觉得公平不公平?"

话音刚落,一个小伙子高声嚷道:"不公平!我们的工分是有等级的,请问这鞭炮的响声,有没有按工分的等级,送到我们的耳朵里?"

张老头一听,这下可傻眼了……

（徐大胜）

（**题图**:李　加）

大丈夫骂妻

我们家楼上有个叫张敬旗的,在市话剧团当演员,是楼里出了名的"妻管严"。他怕老婆,是因为他的老丈人是文化局的局长,他张敬旗从一个"大集体"的亏损企业调到话剧团,转了干,又当了演员,哪一步都是老丈人的权力在起作用。

当初,张敬旗也耍过男子汉大丈夫的威风,对老婆的"命令"装聋作哑,一到这时,老婆就使出绝招:"好好想想,你凭啥进剧团当演员的?"张敬旗胸一挺,眼一瞪,理直气壮:"这还用问,凭我才能!"

老婆说:"现在有才能的人满街都是,为什么他们就当不了演员?你就不想再升一升了?"听到这儿,张敬旗就像泄了气的皮球,脑袋耷拉下来:对呀,我不能老当演员呀,文化局那么多处室,要想当个科长、处长的还得靠老丈人,说白了还得靠老婆,他只好对老婆"俯首称臣"了。

不料,去年夏天,张敬旗居然跟老婆吵了一架,对了,确切点说,是他把老婆痛骂了一顿。那天晚上,张家房门紧闭,张敬旗在屋里一反常态地骂起老婆来,左邻右舍聚在张家门前纳闷:怪了,今天太阳从西边出来了?

只听张敬旗一边拍桌子一边骂:"哼,你他妈的回到家里往床上一躺,什么也不管,活全推给老子,老子再也不受你这窝囊气了!"邻居们听了都点头:真是,狗急了还跳墙呢,看来这小子真给逼急了,不然不会发这么大的火,他老婆也真是太过分了!

屋里还是骂声不绝:"瞧你现在这熊样,又老又丑,我真后悔,当初为什么娶了你这么个母夜叉!"邻居们奇怪:他老婆今天这是怎么了,怎么就不敢还嘴呢?

屋里骂声越来越大:"我不愿意再看到你,你现在就给我滚出这个家!"只听"叭叭"几声响,像是在摔什么东西。

"不得了,不劝劝他们怕要出人命!"邻居李大妈心急慌忙地敲响了张家的房门。

房门开了,邻居们一拥而进,只见地板上满是摔碎的碗碴子,却只见张敬旗一人在家,虽然气得涨红了脸,却也不失礼貌:"哦,对不起,打扰你们了!"

"怎么不见你爱人?"

"哦,孩子放假,她带孩子去黄山旅游了,三天后才回来。"

"那你这是跟谁……"

"我……我……我是趁家里没人,练习排戏呢!"

(山 言)

(题图:李 加)

买牛肉

　　李四是镇上出了名的吝啬鬼。这天,李四的亲家张三到他家来串门,李四想到要管一顿饭,心里就老大的不痛快,可脸上还不能露出来,嘴里穷对付:"亲家啊,今天在我这里吃顿便饭吧。我知道你爱吃肉,可附近又没有肉卖,只好将就着做些豆腐啦。"

　　说来也巧,就在这时,门外传来高高的叫卖声:"卖牛肉喽!香喷喷的熟牛肉喽!"

　　李四开始还装没听见,可张三听了,不住地咽着口水,一个劲地朝门外瞟。李四想想再不出去也不像话,就站起身,说:"亲家,你坐一会儿,我去切两斤来!"

　　张三暗自庆幸,坐着等肉吃。他喝了口茶,侧耳一听,果然从外面传来了李四讨价还价的声音："三块不中,五块中不中?"张三心说:谁说我这亲家一毛不拔?还是很大方的嘛。

只听外面李四又提高了嗓门："别走哩,再加两块,七块一斤总行了吧?"

没想到那卖主扯着嗓子吼道："少废话! 一百块也不行!"

一会儿李四灰溜溜地回来,苦着脸说:"那家伙不知咋的,怎么说也不肯卖给我。"张三听着确实如此,只好自认倒霉。

送走张三以后,李四老婆指着李四骂:"你这混账东西! 他不卖就得了,你为啥还缠着要给他七块钱一斤?"

李四不慌不忙地说道:"谁说给他七块钱一斤? 我是说拿砖头跟他换哩。"

（丁明杰）

（题图:麦荣邦）

传染

古人说:"饱暖思淫欲。"那意思是说,人吃饱了,穿暖了,就容易想入非非。你可别说,这话还真有点道理呢!

刘老汉养了几口猪,原先喂它们杂粮、山菜,后来,刘老汉的一个老乡在县上开了一个饭店,让他去取泔水喂猪。老乡的饭店挺高档,进进出出的大都是有头有脸的,吃的喝的自然不含糊,这从泔水里就能看得出来,那里面尽是大鱼大肉、山珍海味。猪吃这样的泔水,膘明显长得快了。

有一天,刘老汉无意间发现几口猪吃完食不睡觉了,而是凑在一起交头接耳、叽叽咕咕,还不时爆发出"嘿嘿"的傻笑声,有的竟倒在地上直打滚撒欢儿。开始刘老汉没在意,可是一连几天都是如此。刘老汉觉得奇怪:这些贪睡的家伙以前可不这样啊！猪吃完不睡觉影响长膘，他可不能不管。

刘老汉悄悄凑到猪圈边想弄个明白，他竖起耳朵一听，就听见公猪"大老白"正绘声绘色地讲着什么，细听，它在讲笑话呢，好像还是带荤的笑话。刘老汉又好气又好笑，忍不住大声呵斥道："我看你们是吃饱了撑的，快睡觉，少给我扯那个！"

猪们轰的一声散开，倒在地上睡觉了。

猪们并没有把主人的话当回事儿，吃食时或是吃完食后还在扯"那个"。刘老汉火了，这天，他拎着烧火棍子冲进猪圈，猛揍讲得正欢的大老白，大老白疼得"嗷嗷"直叫，满猪圈乱窜。刘老汉抓住它，揪着它的一只大耳朵，气急败坏地嚷道："说，你们这些家伙为什么讲那些个黄故事、荤笑话？都打哪听来的？"

大老白缩头缩脚、憨声憨气地说："自打吃上泔水，这些荤话张口就来了，俺也不知道是咋回事啊……"

（李雪涛）

（题图：李　加）

灵魂的重量

　　王老头很早时候就相信灵魂的说法,前不久又听说外国有人做了一个实验:用精确的秤称了一个人生前死后的重量,发现生前死后那一瞬之间,体重普遍轻了十多克,这十多克就是灵魂的重量,一个人死后灵魂离开了肉体,自然就轻了。可王老头是个不轻易相信的人,什么事都要眼见为实,于是他就在老伴久病不治、即将离世的时候,从一个科研单位租来了一台精密的大型电子秤,把老伴的病床挪到了电子秤的上面,儿子见了,说:"老爸呀,你可别折腾老妈的灵魂了!"

　　王老头瞪了儿子一眼,说:"兔崽子,你懂什么,这是对你妈灵魂的一个永久记载!"于是,从这天起,王老头就没日没夜地守在电子秤前,儿女们也守在老妈的病床前。

这天半夜里,王老太的头一歪,咽下了最后一口气,儿子上前一把握住了老妈的手,呼天抢地地痛哭起来。王老头急忙喊儿子松开手,一看电子秤,奇了,正好比死前少了 10 克,这 10 克,看来就是王老太灵魂的重量啦!

办完了老伴的葬礼,王老头就到处宣传他的灵魂之说,孙子听得不耐烦了,说:"爷爷,奶奶的 10 克灵魂,你知道哪去了?"

"哪去了?"

"奶奶少了 10 克灵魂,是因为她在咽气的时候,爸爸撸下了她手指头上的金戒指……"

"什么? 不要胡说!"

"真的,爸爸把金戒指改成了一副耳坠,现在,奶奶的灵魂,正在妈妈的两只耳朵下边悠荡着呢!"

(于文君)

(题图:李 加)

实习扒手

有个人名叫吴德兴,好吃懒做,不学无术,整天做些偷鸡摸狗的勾当。因此,村人都叫他"无德性"。

这天,无德性在一本杂志上看到一篇报道,讲一个小偷在公共汽车上明目张胆地干坏事,偷走了一个牛高马大的中年男人的钱包,可是车上的人都眼睁睁地看着,没有一个人报警,就连当事人察觉了,竟也没有反抗。无德性看完后忍不住大发感慨:既然现在的人全都是纸老虎,偷钱这么容易,老子何不也去当一回"三只手"?

主意打定,第二天下午,无德性往怀里揣了一把玩具匕首,就踏上了去县城的中巴车。上车的时候,车上除了司机和售票员,再也没有其他人,无德性一屁股在座位上坐下来,耐心地等待猎物出现。

不一会儿,中巴车在一个小站停下了,车门刚打开,就"呼啦"拥上来十几个人。一个衣着考究的胖子坐到无德性前面的那个座位上,闭目养神,无德性乐了:这不是送上门的买卖么。他瞅准时机,将手偷偷往胖子鼓鼓的口袋摸去。

"咳,咳咳!"一阵咳嗽声响起,无德性心里一惊,手"吱溜"一下就缩了回来,悄悄抬头一打量,发现售票员正盯着自己。无德性狠狠瞪了售票员一眼,并将藏在怀里的玩具匕首亮出一段。果然,售票员害怕了,忙将头扭向窗外,无德性一见,心里好不得意,那篇报道上说的果然有道理。

还好,胖子本人还蒙在鼓里,没有察觉。这回,无德性干脆大大方方地将手伸进胖子的口袋。可是,就在他的手指尖刚搭到胖子口袋里的钱包时,"咚"他的后脑勺上狠狠地挨了一下,直打得两眼冒金星;接着,一双大手从天而降,死死地抓住了他掏钱包的手。

无德性定了定神,看清楚抓他手的是一个瘦子,便凶巴巴地说:"妈的,你要干吗?"

瘦子说:"干吗?不让你偷钱呗!"

无德性恼了,心想:我怎么这么倒霉,遇上个爱管闲事的?他挣脱双手,"刷"地从怀里抽出玩具匕首,沉着脸说:"你不想活了?老子偷别人的钱,关你屁事?"

无德性话音刚落,不知谁带头说了一句:"偷了钱还这么嚣张,揍死他!"车上的十多名乘客立刻一拥而上,对着无德性就是一顿拳打脚踢。可怜无德性还没搞清怎么回事,就被揍得死去活来,最后昏了过去。

醒来的时候,无德性发现自己躺在派出所里,一名警察乐呵呵地对他说:"醒啦?"

"哎哟……"无德性呻吟着,"疼……"

"疼？你没被打死就不错啦。"那个警察一拍桌子，"我当警察到现在，还是头回见你这样蠢的扒手，竟当着人家一大家子亲友的面，下手偷东西……"

原来，刚才车上的那十几个人都是亲戚，中午刚参加完一场婚礼，一起坐车回去，结果被无德性给遇上了。无德性明白是这么回事后，眼前一黑，双腿一伸，又晕死过去。

(飞　鸟)

(题图:李　加)

我以前跟你一样

百万公司的张总未发迹前可谓吃尽了苦头,下过窑,贩过菜,当过小工,捡过垃圾,最困难的时候,他甚至还沿街要过饭。如今这个社会,许多人发了财之后就忘本,嫌过去干的营生丢人现眼,要想尽办法美化自己的出身。张总却不,英雄不问出处,他始终以自己的光辉历史为荣。平常见到挖煤的、贩菜的、工地上的小工,他总要过去拍着人家的肩膀亲切地勉励一番,说:"好好干,小伙子,你很有前途。我以前跟你一样,这活儿我也干过!"对方一听眼前这体面之人曾是自己的同行,惊诧之余,不肃然起敬那是万万不可能的,心里也就平添了几分对前途的信心。

这天晚上,张总谈成了一笔大生意,心中高兴,想要找人分享一下自己的喜悦,可惜已是深更半夜,街上难见人影,连个捡垃圾的都没有,张总不禁有些遗憾。开车经过一座天桥时,他突然眼前一亮,看到一个衣衫褴褛的乞丐蜷缩在墙角,正在酣睡。他心中一动,"吱——"刹住车,下车来到乞丐身旁,立刻,一股酸臭之气扑鼻而来。闻到这股久违了的气味,张总顿觉亲切,他推了推乞丐:"喂,伙计,醒醒。"

那乞丐正在梦里啃猪脚呢,啃得口水直流,冷不丁被张总推醒,心里老大的不高兴。他懒洋洋地睁开眼睛,语气还挺横:"讨厌,滚开!"话音刚落,忽然看见张总手指间夹着一张新新的百元大钞,他惺忪的睡眼里立刻放射出两道光芒,一伸手,把钱抢到手里,辨了一眼真伪,迅速掖进怀里,然后,嘴里嘟囔了一句"谢谢",便倒头又要接着睡。

张总可不会这么轻易放过他,他伸手拍拍乞丐的肩膀,语重心长地说:"伙计,别灰心,好好干,不瞒你说,这活儿我也干过。"

乞丐斜乜了一眼张总,并不怎么吃惊,也没有表现出羡慕的意思。张总感觉有些奇怪,又大声强调了一句:"我以前跟你一样!"

乞丐一骨碌翻身坐起来,伸出黑乎乎的手,也拍了拍张总的肩膀,大声说:"那又怎么样?我以前也跟你一样!"

(黄　胜)

(题图:李　加)

用眉毛过年

　　从前,村里有个叫二赖的,整天好吃懒做,快过年了,连包饺子的面都没有。邻居都替他发愁,他却说:"不用愁,吉人自有天相,到时候面和肉自会有人送上门来。"

　　腊月二十九了,二赖来到一家理发店里剃头修面。每年这时候,理发师傅都忙得不可开交,所以连店里新收的小伙计都开始"上岗",二赖专门挑了个小伙计为自己理发。

　　小伙计挺认真,不一会儿就把二赖的头打理得焕然一新。二赖照着镜子看了看,凑到小伙计耳边小声说:"我这眉毛长得不好,听说刮掉后再长出来就好看了,你给我刮掉吧!"小伙计信以为真,挥起明晃晃的剃头刀,一下就把二赖的一条眉毛刮掉了。

却不料二赖"腾"地跳了起来，大吵大闹，说这理发店坑人，故意让手艺没学成的小伙计给他剃头，结果把眉毛刮掉了一条。理发店老板赶紧过来，连连给二赖赔不是，可二赖不依不饶，非要小伙计赔他的眉毛不可。

这样闹下去肯定会影响店里的生意，有个理发的顾客给老板出主意，说二赖是个穷汉，不如赔给他点东西，息事宁人算了。理发店老板只好自认倒霉，赔了二赖一袋白面和几斤肉，这才把他打发走。

大年初一，二赖又包饺子又炖肉，吃得比隔壁邻居家都好。邻居们奇怪地问他是哪儿弄来的面和肉，二赖就把事情掐头去尾讲了一遍，还得意地说："我说过吉人自有天相，这下应验了吧？"

邻居们一听，心里顿时就明白了八九分，再看看二赖，见他光秃秃的头上只有一道眉毛，怎么看怎么不舒服，就对他说："眉毛都刮掉一条了，干脆把另一条也刮去，不正好吗？"

不料二赖把头摇得像拨浪鼓，说："那可不行，我还指望这条眉毛过正月十五呢！"

（刘六良）

（题图：李　加）

这是优惠的

　　黄二宝的精打细算是出了名的,公司里的同事们都愿意和他一起逛街,因为他每次总能靠着自己伶俐的嘴巴把商家说动,以最优惠的价格买到物超所值的商品。

　　这天是星期天,同事们相约去郊区游玩。到公园门口买票时,黄二宝费尽口舌说服工作人员,把经理儿子的票给免了,把经理给高兴坏了!

　　进大门后,大家东逛逛、西瞧瞧,路过"空中飞车"时,经理的儿子非吵着要进去玩不可,一问票价,玩一次10元。黄二宝来劲了,回头悄悄对大伙说:"难得来一次,要不大伙一块进去吧?我同他们讲价去。"大家一听,心想也是,再说有黄二宝在,也不会多花钱,就都答应了。

不一会儿，黄二宝乐颠颠地回来了，一面把票发给大家，一面说："大家进去好好玩玩，我同他们说好了，绝对给我们优惠！"

大家兴奋地坐上空中飞车，把安全带系好后，飞车开动了，一会儿过山涧，一会儿穿峡谷，一会儿闪电般飞速疾驰，一会儿又急转倒立朝下快行，刚才一百八十度的俯冲，瞬间就变成三百六十度的旋转，太刺激了！

别人都玩得兴致勃勃，只是苦了经理！他是个胖子，120公斤的分量，心脏也不是最好，飞车转一圈下来，只见他满头大汗，满脸通红，气喘眼直，冷汗直淌，整个身子都瘫在了座位上。

就在他颤抖着双手要解保险带下来的时候，谁知"空中飞车"又转了起来，工作人员在场外高声喊道："不要解安全带，第二次开始，这是优惠的！"

（张照宏）

（题图:李　加）

假　　摔

　　阿强是个小混混，这天，他正骑着车在街上逛悠，就见旁边"突突突"开过来一辆小四轮，阿强的车把还没转过弯儿，就被小四轮撞上了。

　　旁边的行人见状，一边嚷着"撞人啦"，一边围了过来。小四轮上的胖司机也傻眼了，呆了好半天，才哆嗦着嘴唇走出来。

　　只见阿强躺在地上，捂着肚子"哎哟哎哟"直哼哼。胖司机一看，脸都吓白了，探着身子着急地问："伤哪儿了？我这就送你上医院！"

　　那几个热心人一听，又是撇嘴又是摇头，其中一个拉过胖司机，贴着耳朵小声说："我看你还是给点钱私了吧，否则，等会儿交警来了，就不好办了。"

　　胖司机正慌着呢,听到这话,连忙点头称是。他转脸冲着地上的阿强恳求说:"要不我给你医药费,咱们就算两清了,行不?"

　　只见阿强缓缓支起身,有气无力地说:"我、我的肋骨断了……哎哟……算我倒霉,那就一千吧……哎哟……"胖司机一听"肋骨断了",赶忙从怀里掏出钱来塞给阿强,然后跳上小四轮就开跑了。

　　看着小四轮拐过弯不见了,阿强一骨碌从地上爬起来,开心地说:"哈哈!又有钱花喽!走!上馆子去!"说着,就和刚才那几个热心人嘻嘻哈哈地朝饭店走去。原来他们几个是串通好的,专门靠"假摔"骗司机的钱。

　　这天,阿强又在街上转悠,正左瞧右看地寻找目标,就见不远处一辆漂亮的"奔驰"正朝自己方向开过来。"哈哈,又是一条大鱼!"阿强心里想着,就做好了准备动作。

　　不一会儿,眼看着奔驰车到跟前了,阿强"啊"的一声,躺在了地上。

　　"吱——"奔驰车停下了,阿强一边"哎哟"一边眯缝着眼睛向车里瞧。只见车上下来一个帅小伙,只瞥了阿强一眼,就开始按手机。那些个"热心人"围上来正要嚷,只听帅小伙满不在乎地说:"交警马上就到,救护车也马上到。"

　　这回阿强"哎哟"不出来了:遇上个硬家伙,不能就这样干等着被抓啊!

　　阿强这么一想,赶忙冲几个兄弟使眼色,自己从地上爬起来就要跑。还没等他迈脚,帅小伙就一把抓住了他的胳膊,笑着说:"哥们,你这演技也太差了吧?告诉你,我是踢足球的,假摔那是基本功,你小子呀,差远啦!"

(芦　利)

(题图:顾子易)

挖 苦 嘲 笑

嘲弄也呈现出种种不同的性质,既可以包含某种程度的讽刺成分,也可以仅仅表现为友好的玩笑乃至欲扬先抑的戏谑。

跑为上策

　　齐镇有个财主叫齐老财，生个儿子，取名齐小财。

　　齐老财对儿子宝贝得不得了。等齐小财长到十多岁的时候，老财给他请了位先生，专教成语。为什么教成语呢？原来老财粗通文墨，认为成语就是最大的学问了。老财惟恐儿子孤单，又找了两个小童陪读。

　　头一天，先生上课，教的是"鸟语花香"，谁知一连讲了三遍，齐小财不住地晃脑袋，不懂。先生没了主意，还是老财有办法，连忙命人买来一盆花、一笼鸟，往儿子面前一放。听着鸟叫，闻着花香，齐小财咧开嘴，明白了。老财高兴极了，告诉先生：只要儿子有长进，花点银子没关系！

　　第二天，先生又教了句"美味佳肴"，齐小财又是不住地晃脑袋。于是老财如法炮制，命人弄了一桌好酒好菜，由先生作陪，边吃边教，总算又教会了。一来二去，先生长了心眼，知道齐老财不懂，就管它是不是成语，干脆今天一句"山珍海味"，明天一句"燕窝鱼翅"，后天再是"虎背熊腰"，吃了个不亦乐乎。半个月下来，小财成语没学会几个，先生倒是胖了一圈。

老财心疼了：我这哪是花钱请先生，分明是找了个爹养着啊！于是他要先生订个教学计划，教什么事先写清楚。

这下先生没法骗吃骗喝了，只好规规矩矩按着计划来。教来教去就教到了"一石两鸟"，先生弄了两只鸟，捡块石头让小财砸。小财石头还没举起来呢，鸟早飞了！这下小财不乐意了，扭头看见两个陪读的小童，二话没说，照着他们的脑袋"梆梆"就是两下，砸得他们血流满面。小财乐了，嘴里念念有词："一石两脑，一石两脑……"

次日早晨，先生刚刚起床，两个小童捂着脑袋跑来了："先生，今儿学什么？"

先生翻开书一看，说："唔，今天是'左右开弓'。"

小童战战兢兢地问："那、那明天呢？"

"明天是'血肉横飞'。"

"啊？"两个小童一听，惊叫一声，扭头就跑。

先生这时也回过味来了："我也趁早逃命吧！不然，等哪天教到'粉身碎骨'，还有什么'一命呜呼'、'死无葬身之地'，我这老命还不搭进去呀！"

（王　锐　秦　青）

（题图：李　加）

赌徒

　　东村有个叫王二的,好赌成性,赌钱输得家徒四壁,还欠下了不少债。一天,王二赌钱输红了眼,结果把自己仅有的一条麻纱长袍褂子也输掉了。身上只剩下一条裤衩。夜里,他盘算着借些钱来再去赌,说不准运气好,会赢回大把大把的银子哩! 向谁借呢? 王二想起了舅舅,他一骨碌从床上爬起来,迈开腿刚想出门,不禁又犯了愁:自己连条裤子都没有,到了舅舅家一定会被舅舅骂个狗血喷头的。王二屋里、屋外转了好几圈,一抬头看见院子里的那只没底的破水瓮。对,就用破水瓮当裤子! 王二把破水瓮套在自己身上,两手攥住瓮沿儿,趁着夜色,急匆匆地走出村子。

　　村外是一大片待割的豆子地,当王二穿过这片豆子地时,豆棵子打得破瓮"啪啪"地响。王二产生了错觉:嘀,深更半夜还有人在这豆子地里掷骰子玩?他想过去凑个热闹,可是一停住脚步,却又没了声音。王二好生气,心想:这些人一定是嫌我身无分文,不让我赌。王二站在豆子地里大声说:"别狗眼看人低,等会儿我带了钱来,咱们玩到大天亮。"说完,不由得加快了步子。"啪啪啪",声音更响了。嘿,真是天外有天,人外有人,黑灯瞎火的,竟然在豆子地里也能赌钱掷骰子?王二羡慕极啦。

天快亮的时候,王二来到了舅舅家。舅舅也够粗心的,睡觉连大门都忘了关。王二进了院子,听见舅舅正在屋里打呼噜,他喊了半天,舅舅才从睡梦中醒来,王二忙把来意告诉了舅舅。听说外甥要借钱去扳本,舅舅从床上坐起来,揉揉睡眼,对王二说:"躲一边去,别让我的被子砸破你的裤子。"

原来舅舅赌博也把家里的东西都输光了,舅舅身上盖的不是棉被,而是从门框上卸下来的一扇门板。

(刘黎莹)

(题图:李 加)

怕什么

　　二宝进城打工三年了,春节回老家过年的时候,隔壁刘婆给他介绍了一个对象,约好第二天在小花园见面。

　　可是二宝还没去,就已经吓出了一身汗。为啥?他过去穷呀,穷得非但34岁了还没娶上老婆,而且还落下个毛病:一谈娶亲就紧张,一提女人就心慌。

　　刘婆安慰他说:"二宝,别怕,你现在手里拽着钱了,有钱还怕办不成事?"

　　二宝一听,也对,心里踏实了。

　　第二天,两个人一见面,二宝偷眼看女人,女人也偷眼看二宝。二宝觉得挺称心,周身热乎乎的;女人也感到很顺眼,脸上露出了满意的神色。

但是两个人总不能唱哑戏呀，二宝想说点什么，坏了，节骨眼上，他的老毛病犯了，心里一阵紧张，再怎么动嘴巴，就是说不出话来，脑门子上直淌汗。

眼看这事儿要黄，二宝急了，突然"啪"从口袋里甩出大把票子，都是一百元的，往女人面前一放。

女人一惊，抬头看看他，什么话也没说。

"你……你……"二宝"你"了半天，什么也没"你"出来，"啪"只好又从口袋里甩出一大把票子。

这回女人惊得脸都白了，将身子背了过去。

二宝急了，一把拉过她，结结巴巴憋出一句话："你……你还要怎的？这么多钱还怕娶你不成？"

女人一听，站起来就走。

二宝傻了。

（吴庆安）

（题图：李　加）

局长讲话有点怪

为民煤矿是家小型的国有煤矿，矿长只顾赚钱，根本不关心安全生产，事故三天两头发生。这不，前几天，矿里又发生了一次小规模的瓦斯爆炸，有一名矿工当场被炸死。

矿工们的怒火爆发了，纷纷要求处理矿长的渎职行为。矿长慌了，赶紧向局里做了汇报。

局长叫夏模顾，外号"瞎蘑菇"，是个官场上的油子。他没等矿长汇报完，就拍着胸脯说："慌啥呢，不就是死了一个人嘛，兵来将挡，水来土囤，你明天把那些职工们集中起来，我给他们开个会，保证云消雾散。"

第二天，瞎蘑菇局长准时来到为民煤矿的大礼堂，矿工们早早地在大礼堂里坐好，等着领导表态。

瞎蘑菇在主席台中央坐下，酝酿了一会感情，开讲道："同志们哪，我可敬的矿工兄弟们哪，来到这里，我感动啊！"台下静悄悄的，大家都注视着瞎蘑菇。瞎蘑菇激情澎湃，有鼻子有眼地煽起情来："我刚到矿门口，许多同志就走了上来，拉着我的手，向我反映这次爆炸的情况，我听了很悲痛啊！"台下的矿工们有点骚乱，纷纷交头接耳地相互询问着什么，有些人还流露出不解的神色。瞎蘑菇见矿工们有了反应，讲得更带劲了："我对许多同志说，我一定会妥善处理此事，请放心。后来，我走到矿区里，许多同志又跟着我，硬把大衣脱下给我穿上，我握住许多同志的手，是那么的冰凉，我怎么忍心穿上大衣呢？"

台下骚乱起来，有人骂了声"活见鬼"，匆匆地离开了会场，剩下听讲的人也心有余悸地望着瞎蘑菇，做出一副抽身出逃的样子。一边的矿长也战战兢兢地小声问："局、局长，你说你见到了许多同志？"瞎蘑菇不满地瞪了他一眼，心说：我刚才来的时候孤零零一个，连狗见了都不理，你又不是没看见，这不是和大家套近乎嘛，较什么真呢？于是他点点头，加大嗓门，肯定地说："是的，我见到了许多同志，其实通情达理的许多同志就在你们中间，就在这个礼堂的角角落落啊。"

可瞎蘑菇还没说完，大礼堂里的人早跑了个精光，就连坐在他身边的矿长也不见了踪影。

瞎蘑菇傻了，弄不清发生了什么事。

他不知道，这次在瓦斯爆炸中丧生的那个矿工的名字，就叫许多。

（杨　格）

（题图：李　加）

反季种植

　　某乡召开"反季蔬菜种植致富经验交流大会"，会议安排乡长在大会结束时作总结发言。乡长因为要赶去参加另一个重要酒席，于是在大会开始时便先作完了发言，然后提前走了。

　　乡长走后，正式的经验交流才开始。

　　首先是一位老农上台发言，结束后，他回答记者提问。

　　记者说："请你透露一下成功种植反季蔬菜的秘诀，好吗?"

　　老农憨厚地笑道："其实也没有什么秘诀，就是在冬天种夏天的菜，夏天种冬天的菜。就像刚才乡长的讲话，把本该最后的发言拿到前面讲，都是一回事。反正，颠倒过来就是。"

　　全场哄笑，响起热烈的掌声。

（谭　洪）（题图:李　加）

这钱值得花

　　老王头有个孙子，叫小龙。今年高考，小龙的成绩离本科录取分数线仅差那么2分。有道是考完小孩考家长，小龙的父母都不在本城，重任自然全落到了老王头肩上。这些天，他老是愁眉苦脸地求爷爷、告奶奶，到处托人找门路。

　　一天晚上，老王头的邻居老张兴冲冲来找他，说已经替老王头联系到了一个特有本事的人，保管能让他家小龙上本科。老王头一听有戏，马上千恩万谢，又把家中准备好的烟酒礼包拿出来，要答谢老张。老张倒也爽快，一摆手，说："咱先不提这些，事办成了再说。不过，魏总那边倒是要先意思意思。"老王头伸出右手，张开五只手指头，在老张面前晃了晃："这个数，够吗？"老张笑笑："那要看你想让小龙进啥大学了。"

当晚,老王头跟着老张到了魏总的家。老张把老王头说成是自己的亲戚,魏总便十分亲切地对老王头说:"既然是老张的亲戚,这事就包在我身上!"

老张试探性地说:"那这事就全靠您了。您看,这特招的费用要多少?"

魏总没作声。

老王头见魏总不吭声,急了,连忙说:"魏总啊,孙子是我一手带大的,这钱我舍得花!"

魏总看了看手表,欠起身,说:"这样吧,你回去和家里合计合计,看你孙子想上哪所大学再说。晚上市里有个领导约我,我得去一趟。"

老张看魏总有送客的意思,赶紧说:"这……要不要先放点钱在你这张罗着?"

魏总摆摆手说:"不要了,到时候再说吧。"

"多少放一点吧。"老张还是坚持要先放点钱。

一旁的老王头赶忙从口袋里掏出那包钱,塞给老张,说:"这是五千元,小意思。"

老张转手便递给魏总。

魏总推辞了一下,说:"这怎么好意思呢? 事还没办哩!"虽然嘴上这么说,手里却早已接过红包,放进裤兜里了。

老王头看魏总还在客气,忍不住一句话脱口而出:"魏总,您千万别客气,这钱花在俺孙子身上,值!"

魏总一下子愣住了,越想越不是味道,放在裤兜里的手又要把红包拿出来。老张见状,连忙上前,一手压住魏总的手,一手拍了拍魏总的肩膀,说:"别介意,老王头不是说您,他是说,这钱是花在他孙子身上的,再多也值。"

魏总一脸窘相,不知道该说什么好。

（李国春）

（题图:李　加）

县长来了

乡长与几个生意人在酒楼喝酒，办公室值班的狗蛋打电话给他，说县长突然要下来调研。乡长不知道出了什么事，放下酒杯就走。

来到乡政府大院，乡长见狗蛋正和县长在院子里说话，乡长整整衣襟，就上去和县长打招呼。县长问了他乡里的一些情况，就开始发表自己的意见。县长不愧是县长，说起话来滔滔不绝。

无意中，乡长看见站在县长后面的狗蛋正朝自己眨眼睛。乡长不知道狗蛋是什么意思，心里不禁打起了小鼓。

县长正讲到兴头上，见乡长走神，心里就有些不高兴，用力咳了一声。乡长猛一惊，回过神来，便又继续听县长说下去。

听了一会儿，乡长忍不住又瞄了一眼狗蛋，见狗蛋不但朝他眨眼睛,还用手在胸前比划着。乡长断定一定是县长对狗蛋说了什么,或者是狗蛋从县长的话中了解到什么,而且这事牵扯到自己。他这么一想,心里就有些发毛。一发毛,又走了神。

再说这个县长,平时自我感觉特别好,认为自己说话既有水平又有艺术,别人没有理由不认真听,所以看到乡长一再走神,他非常生气:"刚才我讲到哪儿了?"

乡长脑袋"轰"地一下就大了,支支吾吾地答不上来。县长的脸沉了下来,扭头就走,出院上车,任凭乡长和狗蛋怎么留,也没留住。

县长走了,乡长铁青着脸,冲着狗蛋问:"刚才你那是什么意思?"

狗蛋见乡长发火,心里一紧张,说话就结巴:"乡长,你……你常说,要……要注意自己的形象,尤其是在领导面前。刚才我想告……告诉你,你胸前粘着一片羊肉。"

乡长低头一看,那是他刚才在酒楼喝酒吃肉时,不小心粘上去的。

（吕士军）

（题图:李　加）

俗话说，新官上任三把火。东山乡的孔乡长一上任，便急于要露一手给上级看看，他绞尽脑汁，终于想出个办法。

这天，他让乡教育办公室主任把全乡十所小学的校长召集到乡里，宣布说，乡里要拿出2万元做奖金，在全乡小学生中搞一次作文大赛，题目是：我的家庭。要求内容真实、生动、形象，三天后交卷。最后，孔乡长还说，自己要亲自阅卷。

三天后，全乡两千多篇作文按时交到了孔乡长的桌上。孔乡长翻了翻，挑出其中的一篇给工作人员念道："大家都来听听，'我的家里有爸爸、妈妈、我，还有个小弟弟，名字叫小花……'嘿！"他敲了敲桌子，"请同志们想一想，这篇作文反映了什么问题……反映这家是个超生户！你们把这类作文给我挑出来！"

　　工作人员顿时大吃一惊,这才明白,孔乡长明里搞作文大赛,暗里是搞计划生育调查。

　　经过一夜奋战,这一类作文挑出来了,共 109 篇。孔乡长大喜,心想:按一户罚款 8000 元计算,这一下乡里就能进账八九十万元呀!

　　孔乡长先拿出 2 万元,给作文好的孩子发了奖。然后按照名单派出小分队,下村去查"超生户",他自己坐镇乡里,静候佳音。

　　几天后,小分队"打道回府",却一个个两手空空。孔乡长眼睛瞪大了:"不可能吧?"

　　队员们异口同声地回答:"真的没有。"

　　孔乡长不信:"那作文里写的弟弟、妹妹是怎么回事?"

　　大家笑了起来:"什么弟弟妹妹呀,作文里写的那些小花、贝贝、鲁鲁……五花八门的,不是猫、狗、兔,就是书、笔、电脑,或是他们家里的玩具!"

（孙　娟）

（**题图**：李　加）

　　张厂长的制药厂研制了一种新药,叫"唇颤停",专门治疗老年人嘴唇颤抖的毛病。

　　为了打开销路,张厂长有心要做做广告。这个时候,正巧省城要举行一个大型文艺晚会,并将通过卫视向全国直播。组委会李主任找到张厂长,说:"如果你能赞助50万元,就请你作为晚会的嘉宾,戴上胸卡,胸卡上写上'唇颤停药厂厂长',在晚会高潮时,给你一个5秒钟的大特写。"

　　张厂长同意了,但他又疑惑地问道:"特写的时间怎么掌握?如果摄像师的镜头不到5秒就离开,我这钱不是多给了?"

　　李主任心里暗自好笑:这时间还不好掌握啊? 但他为了哄张厂长开心,就笑着说:"这事儿好办! 张厂长,当镜头对准你时,你在心里默默计数,数到5秒钟时,你点一下头,摄像师的镜头再挪走,怎么样?"

这真是个好办法,张厂长答应了。

晚会这天,张厂长坐在嘉宾席最显眼的位子上,期盼着高潮的到来。突然,他心头一动:5秒钟花费50万,一秒钟就是10万呐!我何不多数一秒钟?他正想着,摄像师已经把镜头转过来对准了他,于是张厂长对着镜头,面带笑容,心里默默数着:"一秒钟,两秒钟……"一直数到"六秒钟",他点了点头,镜头这才移开。

出5秒钟的广告费,却做了六秒钟的广告,张厂长心里很得意。可没想到第二天,"唇颤停"的好几家代理商却突然都打来退货电话。张厂长忙问原因,答复都是一样的:"你连自己的病都治不好,这会是好药吗?"

原来,摄像时,张厂长只想着白赚一秒钟,一不留神,心里计数时,嘴唇也在动,一开一合的,不是颤抖是什么!

(王道庄)

(题图:顾子易)

找工作

别人毕业都忙着找工作,可大明却不急,因为他老舅是有权之人,只要老舅开口,什么工作搞不定?

果然,大明去找老舅,老舅立刻给他拍胸脯:"你想做什么行当,只管开口。"

大明说:"我要找一份有名气的工作,让大家都知道我在那儿上班。"

老舅说:"好吧,我联系好了就给你电话。"

很快,大明去了晚报社,成了一名编辑。每晚的报纸上都出现"编辑大明"的字样,"大明"的名字进入千家万户,无人不知,无人不晓。

可是一个星期后,大明却苦着脸去找老舅:"舅舅,编辑的工作太累了,每天堆得山一样高的文稿看得让人头痛,你还是给我换一份不但有名气、而且天天有钱数的工作吧!"老舅想了想,让大明回家等消息。

不久,老舅就叫大明去上班,这次是在银行当职员。大明把自己的名卡座端端正正地放在柜台上,这样每天进进出出的客人就都知道了这个业务员叫大明,他每天手中经过的钞票也不计其数。

这回大明该满意了吧? 谁想没多久,他又哭丧着脸来到老舅家:"舅舅,银行工作太苦了,天天坐在那儿不能乱动,数钱数得手都发软了,又不能往自己口袋里放。我不要去银行了。"

"那你要干吗?"老舅无奈地问。

"我想要有一份不但有名气有钱数、而且这个钱是可以由我自己来支配的那种工作。"

老舅听了直摇头,叹口气,说:"好吧,我再答应你一次,不过说好了,这可是最后一次喽!"

老舅果真说到做到,第二天,大明马上就有了新工作:去看公厕。堂堂一个大学毕业生,居然去看公厕,真稀罕!

很快,大明和他的公厕上了当地报纸。这下,大明倒是真的出名了! 男女老少,进门就给大明递钱,每天的角票有得数了;这些收来的钱,除了该缴管理局的,其余都由大明支配。这下,大明的愿望真的实现了。

(顾　金)

(**题图**:李　加)

无奈苦笑

不要为突如其来的不幸而苦恼，因为不是与生俱来的东西，留也留不住。

当奶奶好

奶奶有五个儿子,于是便有了五个孙子。这天,她带着孙子大宝、二宝、三宝、四宝、小宝去逛街,回来的路上,经过一家"面点王"门口时,大宝嚷着要进去吃拉面。

奶奶说:"快到家了,咱们回去吧,奶奶给你们做面条。"

大宝站着不走,他说:"奶奶做的面条不好吃。咱们快进去吧,里面的面条味道好极了。"

见奶奶犹豫,大宝就向几个堂兄弟示意,于是,二宝、三宝、四宝、小宝都吵着要进去吃拉面。奶奶摸了摸口袋,一咬牙,就把孙子们带进了面点王。

他们六个人找了一张桌子坐下,服务员小姐走过来,指着摆在桌上的菜单说:喜欢什么自己点。

　　奶奶戴上老花镜开始看，大宝却说："奶奶，别看了，咱们每人来一碗拉面，我来一碗牛肉的，二宝来一碗排骨的，三宝来一碗雪菜的，四宝来一碗凉拌的，小宝来一碗三鲜的，你来一碗……"奶奶打断大宝的话："我不吃拉面。"她点了价钱最低的葱油饼。

　　五碗香喷喷的拉面拿来了，几个孙子吃得"哗啦啦"地响。一会儿，奶奶的葱油饼上来了，旁边的小宝闻到了诱人的香味，嚷着也要吃葱油饼，他一说，大家也跟着要。没法，奶奶就叫服务员小姐再拿五个葱油饼。

　　吃了葱油饼，他们几个人的拉面都吃不完，奶奶觉得剩下太浪费，又不能"打包"回家，就端起大宝那碗面吃了起来。

　　大宝说："奶奶，您刚才说不吃拉面，现在为什么要吃？"

　　奶奶不好意思道出实情，就说："刚才肚子不饿，现在饿了。"

　　奶奶吃完大宝碗里的面，又将二宝、三宝、四宝、小宝碗里剩下的面全倒在大宝的碗里，慢慢地吃起来。

　　大宝看见奶奶吃得津津有味，很羡慕地说："奶奶，当奶奶好。"

　　奶奶觉得这话说得奇怪，便反问道："当奶奶有什么好？"

　　大宝认真地说："我们每个人只吃一种拉面，奶奶您一个人吃了五种……"

（林永炼）

（题图：李　加）

老毛病

胡子巷的肖八子人长得蛮有模样，就是有个坏毛病，办事毛毛糙糙，常闹点把酱油当醋、把洗衣粉当绵白糖的好笑事，气得他妻子常月娥时用手戳他脑门："你这毛病啥时才能改一改？"肖八子也觉得这毛病不好，暗暗发誓，一定要改掉它。

这天，肖八子单位的团组织安排厂里的团员青年去狼崖峰春游，肖八子尽管结了婚，但还是老团员，于是也去了。

下午回来时，肖八子带回来一袋草菇，一走进家门，就对常月娥说："你看，我今天从山里摘了些草菇，今晚，我弄个草菇炒肉片给你吃。"

常月娥怀疑地看了看草菇，说："怕是有毒吧？"

肖八子认认真真地说："你当我还会像过去一样毛毛糙糙办

事？告诉你，刚才下车后，我特地到南门饭店找厨师问了，人家说这草菇没毒，能吃，你尽管放心好了。"

到了晚上，肖八子真的亲自动手炒了一盆草菇肉片。

吃饭时，他又对常月娥说："这草菇很鲜，吃吧，不会有问题的。"

可常月娥还是不敢吃。

肖八子说："你还不放心？那好，我先叫'狮子'来吃。"

狮子是他家养的一条狗。只听肖八子朝门外唤了一声："狮子！"就见一条白狗箭一样地蹿了进来。肖八子用汤勺舀了一勺草菇肉片，倒在地上，狮子头一低就吃了起来，吃完了还在桌子底下转来转去，一点异常反应也没有。

肖八子挺得意地对常月娥说："你看看，没问题吧？"说着，带头吃了起来。

常月娥这才放下心来，于是也跟着吃了起来。草菇炒肉片味道确实好，两个人一顿饭没吃完，菜盆早已见了底。

晚饭后，常月娥去镇东头阿月家串门，肖八子动手收拾碗筷。

突然，门外传来邻居老王的声音："肖八子，快来看，你家的狮子死了。"

一听这话，肖八子的心里"咯噔"一跳，伸头朝窗外一看，只见狮子正倒在自家对面的马路边。他的心一下悬到了喉咙口，顿时觉得肚子里翻江倒海起来：不好，那草菇有毒，狮子只吃了一勺就死了，自己和月娥吃了一大盆，还不要命？

肖八子冲到阿月家，想叫常月娥和他一起去医院灌肠洗胃，可偏偏阿月家铁将军把门，常月娥不知上哪去了。肖八子慌得等不及了，回到家里给常月娥留了个字条，然后拔腿就来到了镇医院。

医生一听肖八子说吃了有毒的草菇，丝毫不敢怠慢，急忙对他进行抢救,灌肠、洗胃,搞得他像一摊稀泥似的躺在长椅上一动不动。

这当儿,常月娥匆匆奔了进来。

肖八子强撑起身子,着急地说:"月娥,快、快去灌肠……"

常月娥惊愕地望着他:"灌啥肠呀?"

肖八子说:"那草菇有毒,咱家狮子死了。"

常月娥瞪了他一眼,说:"那狮子哪是吃草菇死的,它是被一辆过路车碾死的。你看你,不问问清楚就……你灌过肠了?"

肖八子傻了:唉,这老毛病怎么又犯了?

(张伟良 编写)

(**题图**:李 加)

牛老汉过街

古庄村有个牛老汉，年纪虽大，脑子却活络，时不时地耍个小聪明。

他儿子在省城第七中学当老师。这年初冬，收了庄稼，牛老汉思子心切，就搭了汽车转火车，到省城看儿子去了。

牛老汉去过省城一次，这回怕给儿子添事，就没通知儿子接站。可现在城市变化大，牛老汉又大字不识一个，出了车站就犯愁：马路上车来人往，两边高楼鳞次栉比，哪里还分得清东南西北，只觉得眼花缭乱。

这时，迎面来了个文文静静的大姑娘，牛老汉鼓起勇气问她："姑娘，第七中学怎么走？"

那姑娘笑吟吟地指着马路对面说："您穿过马路，到对面公交车站乘34路,三站就到了。"

谢谢姑娘,牛老汉抬脚就要过马路,可是路上汽车实在多,简直就没个停的时候,牛老汉好几回想闯过去,可刚走几步就被川流不息的车流吓得直往后退。

这时,他发现前面有一个盲人,那盲人拄着一根拐杖,脚刚伸到下街沿,马上就有一名警察过来扶着他,慢慢地向马路中央走去,而那些本来横冲直撞的庞然大物,在警察面前就像生了病的甲壳虫,服服帖帖。

看着这一幕,牛老汉乐了,他瞅瞅自己手中的雨伞,顿时有了主意。

不远处,正好有一名警察背对着他,牛老汉当即眯上眼睛,装成盲人的样子,用伞尖顿着地,摸摸索索地挪步,边挪边不住口地说:"我要过马路,谁扶我过马路? 我要过马路,谁扶我过马路?"

嘿,这一招还真灵,就听身边有个男人说:"这位大叔,您要过马路是么?"

一个女的也说:"大叔要过马路,我们扶他过去吧。"

于是,两个人分别搀着牛老汉的两臂,向马路中央慢慢走去。

牛老汉心中好不得意,强忍着笑,紧闭着眼,嘴巴里还装模作样地喃喃道:"这世上,还是好人多,好人多呀!"

不一会儿,只听那对男女说:"大叔,这儿是人行道,您走好,我们回去了。"

牛老汉偷偷睁开眼睛一看,哈哈! 果然穿过了马路。

"谢谢你们! 谢谢你们!"牛老汉快活地告别了那两个热心人,随后就别转身,睁开大眼,得意地大步朝公交车站走去。

谁知,刚走了几步,他突然发疯似的一边喊:"不好啦! 不好啦!"一边回头又要朝马路中央冲。

　　马路上的秩序顿时乱了起来,"吱——"、"吱——"川流不息的大小汽车一辆辆都停了下来,警察也奔了过来。

　　只见牛老汉哭丧着脸捶胸又顿足:"那两个兔崽子,把我的钱包给掏了!"

（炎　炎）

（题图:李　加）

手机丢了

　　林强带着18岁的弟弟离开贫穷的家乡,到上海讨生活,经过数年的风风雨雨,兄弟俩攒下了一笔为数不少的钱款,于是林强便托人在老家为弟弟说了一门亲。

　　忽一日,家乡捎信来说,让弟弟立即回家定亲。林强非常高兴,催弟弟快快启程回家,可弟弟却提不起精神。数年的闯荡生活,令弟弟大开眼界,都什么年代了,还要这么定亲,真是老土得可以!况且按老家习俗,定亲要过彩礼,少了吧,丢面子,多了吧,万一以后合不来要解除婚约,一分钱都退不回来,所以弟弟一百个不同意。

　　林强劝弟弟:"没见面,你怎知满意不满意?至于钱嘛,权当你又买了一只手机. 也就是几千元的事,可机会总不能轻易放弃呀！而且要说过日子，说不定还是家乡人合得来哩！"弟弟没法说服哥哥，只得回家。

两个星期后，弟弟从老家又回到了上海。林强兴致勃勃地问："怎么样，感觉如何？"

"别提了。"弟弟两手一摊，说，"新买的手机丢了。唉，手机手机，可我连手都没碰一下！"

（耿玉英）

（题图:李　加）

家庭暴力

老张的爱人华姐在县妇联上班,她的工作就是接待上访告状的,天天和那些不幸的女人们打交道。

那天中午,老张下班早,就去妇联找华姐,想和她一块回家。老张走进办公室,华姐在打电话,她说正在向领导汇报工作,让老张稍等一会儿。

华姐拿着话筒说:"……邹部长,那个李文秀一进我的办公室就哭,说是和爱人李金结婚十多年了,没过上一天安稳日子,李金脾气暴躁,打骂是家常便饭。昨天晚上,李金让李文秀倒洗脚水,你说这个李金是不是人,嫌水热了,把一盆水扣在李文秀头上,还扇了两个大嘴巴。李文秀实在没办法了,才偷着跑到妇联求援来了……"

老张在一旁听到了，连连摇头叹息："可怜的女人，又是一个家庭暴力的受害者。"

华姐打完电话，正想和老张说什么，突然，一个瘦小的中年男子慌慌张张地闯进来，嘴里大叫着："华同志，不好了，不好了……"

华姐惊讶地问道："你怎么又来了，出什么事了？"

那男子脸色惨白，捂着胸口，浑身发抖地说："华同志，我老婆李金知道我来妇联告状，找上门来啦！你说可咋办呀？"

（李雪涛）

（题图：李　加）

哥俩好

大葱跳舞成瘾,天天晚上泡在舞厅里。

他妻子小花气得不行,警告他说:"你要再这样,我和你离婚!"

大葱害怕了,可不跳舞浑身又难受,想来想去,他有了主意。

这天,他来到铁哥阿丁家。阿丁说:"你小子无事不登三宝殿,说吧,有何贵干?"

"呵呵!"大葱搓着手说,"帮个忙,帮个忙,我那个管家婆盯得我没法活,我晚上去舞厅,万一她要追到你这里问,你帮我稳住她。"

阿丁捶了他一拳:"屁大的事,包在我身上!"

当晚,大葱在舞厅里一直疯到晚上十二点才回家。一进门,小花劈头就问："这么晚回来，又去舞厅了？"

大葱说："没有呀，我在阿丁那儿，不信你可以打电话问。"

小花不信，一个电话打到阿丁家里。大葱在一边偷着乐："打吧，打烂了也是白忙。"

只听小花在电话里问："阿丁，我家大葱今晚是不是在你家？"

"没错。"电话那头，阿丁的声音特别清楚，"大葱是在我这里，我们俩正在下棋呢！"

大葱脑袋"嗡"的一声，一头栽在了沙发上！

（张伟良）

（**题图**：李 加）

制胜法宝

张顺这个人没有其他嗜好，就是喜欢搓麻将，而且麻将瘾特大，一天不摸手生，三天不摸连烧鸡都嚼不出味来。因此，他一到晚上总喜欢和几个麻友搓麻将。

这天，他又约了几个麻友来家里玩，不过这天手气不太好，几圈下来，连连"放炮"。张顺不由发起牢骚来："今天怎么这么倒霉？连一局都没赢过。"

几个麻友笑他："你去买一袋话梅来呀，这样可以把霉气化掉。"

张顺一听，对啊，话梅——化霉！他拍拍桌子喊道："老婆，老婆！"

张顺老婆闻声从房间里出来："什么事呀？"

"去给我买袋话梅来。今天手气背,我要吃几颗话梅,把该死的霉气化掉!"

老婆说:"那你等着,我这就给你买去!"

老婆去买话梅,张顺他们不愿闲着,于是又继续玩了下去。没想不大会儿工夫,张顺又输了一局,这下他可坐不住了,起身跑到窗子前看看老婆回来了没有:"怎么还不回来呢?"他急得连连搓手。

就在此时,门"吱呀"一声响,老婆进门了。张顺朝几个麻友扬扬眉毛:"哈哈!制胜法宝回来了!"说着,就从老婆手里接过一袋话梅。

他拿着话梅袋子在几个牌友眼前一晃:"看看,我的好运……"

他话还没说完,几个牌友却笑成了一团,连眼泪都笑出来了。

张顺丈二和尚摸不着头脑,把话梅袋凑到自己眼前仔细一看,差点没晕过去!

原来,话梅的包装袋上印了这么几个大字:天下第一梅(霉)!

(王文华)

(题图:李　加)

小偷的留言

　　张兵是个单身汉，他每次出差，家里几乎都要遭窃。

　　这次又要出差了，时间半个月，他想找个人帮他看家，可因为出差任务是临时下来的，明天一早就得出发，就是打电话让刚退休回老家的父亲出来一趟，也来不及了。张兵犹豫了一阵，给同事小胡打了个电话，请小胡帮帮忙。

　　小胡说："我可以帮你看家，可我也是个单身汉，我走了，哪个帮我看家？"

　　张兵一听，笑了：对呀，罢了罢了，小偷要来就来吧，反正自己家里也没有什么太值钱的东西，只要不把房子偷走，他偷什么都可以。

　　收拾好行李后，张兵坐在沙发上看电视，电视里正在放《三国演义》，刚好放到"空城计"这一集。张兵灵机一动：诸葛亮可以使"空城计"，我为什么不可以试试？他电视也不看了，急忙找来纸和笔，写下几个字，放在一进门就能看见的地方：老婆，我出去一会儿，马上就回来。

虽然这张字条不能阻止小偷进门，但张兵相信，胆子再大的小偷，见了这字条也会马上逃走的，他为自己的聪明感到高兴，这晚睡了个踏实觉，第二天一早，就放心地出差去了。

半个月后，张兵回来了。一看，家里的门虚掩着，怎么又遭窃了？

他赶紧进门，一看，客厅里的二手电视机不见了，单人沙发也不见了。怎么回事？难道小偷没有看到字条？那张字条呢？怎么连字条都不见了？他急忙在房间里到处找。

来到卧室，他彻底傻了眼，因为不要说别的，就连床上的床单都不见了！光溜溜的床板上，放着他留给小偷的那张字条，他拿起来一看，发现上面多了几个字：你骗谁呀？你要是有老婆，怎么睡的是单人床？

（唐　俑）

（题图：李　加）

矮了一公分

俗话说，一分钱憋死英雄汉。这回，是一公分难为了两个高材生。

王大帅和张小军是形影不离的好朋友，前两天都拿到了广播学院的通知书。这本是件好事，可通知书上一项附加要求让他俩都傻了眼：所有报考的男生，身高必须达到一米七。他们两个人偏偏都只有一米六九，差了要命的一公分。

王大帅回到家里，把通知书往茶几上一丢，气哼哼地仰倒在沙发上。王大帅的爸爸是大老板，见宝贝儿子一脸郁闷，赶紧问是咋回事，弄清楚了前因后果，他试探着问："现在分数不够，不是交点赞助费就能上吗，这一公分咱赞助还不行？"

王大帅翻身坐起来，冲老爸一白眼："你别老土了！知道什么叫名校吗？要是真可以用钱买，别说一公分一万，就是十万也有人买！"听儿子这么一说，王老板也懵了，他平时习惯了用钱来摆平一切，现在堵死了这条路，一下子还真适应不过来。

两天之后就是面试的日子了，俗话说"病急乱投医"，王老板拉着儿子就往外走："我就不相信奈何不了这一公分，走，上医院去！"

王大帅想不出更好的办法，只好跟着父亲去医院。父子俩一跨进医院大门，王老板就扯住瘦高个的主任医生，掏出一个厚实的红包塞过去，言词恳切地说："我儿子好不容易考上这个学校，个子矮也只怪我们做父母的呀！医生我求求你了，两天之内，一定要让他长高一公分，否则我这一辈子都心里不安……"

两天！一听只有两天时间，医生忙把红包往回推，连连摇头说："两天时间能做什么？这不是开玩笑嘛，增高是一件科学的事情，最少也得一个月，要不，你们去跟学校商量一下，一个月后去面试，行不行？"

王老板回头看了看儿子，王大帅烦躁地眉头一拧："这怎么可以？一个月后早就开学了，肯定不行！"

医生沉默了片刻，问王大帅："你真量准了，只有一米六九？"

王大帅泄气地点了下头："这还会有错？昨天晚上刚刚又量过。"

"好！"医生一巴掌拍在桌子上，"有希望了！我告诉你们啊，每个人在一天中的身高都是不同的，特别是年轻人，早晚相差往往达到一公分以上。我看，只要措施得当，早上起床时很有希望超过一米七！"

一听此言，王老板立刻激动地说："要怎样安排尽管吩咐，一切全靠你了！"

医生冷静地思考了片刻，忽然想起了一个至关重要的问题："对了，这次参加面试的一共有多少人？"

"五十四个。"

"你排在多少号?"

"五十号。"

王老板一听这话急了,赶紧提醒儿子:"你不是说你同学张小军排在第一号吗?"

对啊,王大帅眼睛一亮:张小军还抱怨说第一个面试最不合算了,心里容易紧张,吃亏。可现在要是他知道第一个面试的好处,会答应和自己换吗?

王老板看出了儿子的心思,说:"你不是说张小军家境不好,正愁没钱付学费吗?你去找他说,要是他肯跟你换号,不管他最后上什么学校,学费我都包了!"

这么做合适吗?王大帅有些迟疑,王老板可不管,拉着他就往张小军家跑。

此时,张小军一家正愁眉苦脸地在商量着张小军以后的学费问题,不管上什么样的学校,学费总是一道坎啊!王老板一看这阵势,立即趁机把自己的意思表了,还说另外再给一万元,算是赞助。

王大帅站在王老板的后面,一直不好意思地低着头不说话,总觉得是自己夺了张小军的机会,可张小军一家却早就高兴得不知所措了。

面试结束那天,王大帅硬拉着张小军到自己家玩。王老板看见张小军才两天不见,竟然瘦了整整一圈,心里正过意不去时,王大帅却兴奋地大嚷:"爸,你肯定想不到吧,我们俩都通过面试了。"

王老板惊讶地望着张小军:"你也去医院增高了?"

"没有呀。"

"那是托了关系了?"

"也没有呀。"

"那……"

张小军有些不好意思地解释说:"那天你们走了以后,我乡下的大伯来走亲戚,听说我只差了一公分,他就说他有个主意。正好他们家的三个小孩也在愁学费,我就说,如果我真能过关,你们给的那一万元赞助费就送给他们……"

王老板听到这里,迫不及待地打断了张小军的话头,满脸疑惑地追着问:"那你快说说,你大伯到底用了什么办法呀,简直比增高专家还神?"

张小军不好意思地说:"办法倒是挺简单。我大伯带我回了一趟老家,来回走了八十里山路;面试那天他不放心,一早起来就拿擀面杖敲我的头……"说到这里,张小军伸伸脚,探探头,让王老板看。

王老板一看一摸,乖乖!张小军脚底的泡和头顶的包,加起来何止一公分啊!

（刘宇晴）

（**题图**:李　加）

榆树长牙

　　那年冬天，德旺老汉一大早就来到村头的大榆树旁，像往常一样绕着榆树练起了八卦掌。

　　突然他"咦"了一声，睁圆了双眼望着大树：奇怪呀，黑灰色的树干上竟长着两颗人的门牙。

　　德旺老汉怕自己看花眼，揉揉眼睛凑近了细看，不错，确实是两颗门牙。他想起小儿子在省城晚报社当记者，一直说需要新闻线索，这不是现成的线索吗？

　　德旺老汉乐颠颠地往家跑，迎面碰上邻居刘大爷正急匆匆地往镇上赶，便问："老伙计，啥事慌慌张张的？"

　　刘大爷焦急地说："我去镇上，大昌住院了。"

　　大昌是刘大爷的儿子，德旺老汉吓了一跳，问："咋了？"可刘大爷顾不得搭理他,早风风火火走远了。

回到家,德旺跟老伴儿一说那事,老伴儿立刻骂他:"老东西,想线索想疯了吧,我活了这么多年,还没听说过树上长牙的。"

德旺老汉见老伴儿不信,拍着胸脯赌咒发誓:"我要是骗你,我就不得好死。走,跟我去看看。"说完,他拉着老伴儿来到村头。

老伴儿从衣兜里掏出老花镜戴上,往榆树上只看了一眼,便惊得倒吸一口凉气:"老东西,这是真的吗?"说着,伸手捏住两颗门牙,一使劲便拔了下来,榆树上立刻留下了两个小坑儿。

德旺老汉想阻止已经来不及了,不由得埋怨道:"你一拔,让我咋对儿子说?儿子还要来照相哩!"

老伴儿说:"这不照样照吗?你发啥脾气?"

德旺老汉见老伴儿不服,便跟她吵了起来,两个人你一言、我一语,正吵得不可开交时,远处突然传来了警车声。

不一会儿,刘大爷和一个警察从车上跳下来。刘大爷一指榆树,对警察说:"就是这棵。"

警察围着榆树上上下下打量了半天,不解地问:"大爷,没有啊?"

刘大爷肯定地说:"没错,大昌说就是这棵树。"说完也眯缝着眼,仔细地寻找起来。

"老伙计,找啥哩?"德旺见状凑过去问,可刘大爷还是不理他。

德旺生气了,拉过老伴儿往回走,边走边说:"走,不理咱算了,咱回家给小三子提供线索去,真是怪事,树上长牙了!"

"站住!"刘大爷听到这话,冲上来拉住他的手,着急地问:"老哥,树上长牙,那牙在哪儿?"

老伴儿伸出手说:"在这儿。"

刘大爷惊喜地大叫起来:"找到啦,这就是大昌的门牙! 大昌说他骑摩托时,被汽车撞到树上了,就是这棵树!"

德旺和老伴儿不禁面面相觑,树上的两颗牙,原来是大昌撞上去的啊!

（天宗健）

（**题图**:李　加）

绕弯儿

这还是早年间的事儿。有一回,老刘出差回到城里已是后半夜了,刚走出火车站,只听见"吱"一声,一辆小出租车停在他身边,司机探出头来问:"师傅,坐车不?"

老刘点点头,用标准的普通话问他:"红河制玉厂去不去?"

"上车吧!"司机挥挥手,然后就载着他上了路。

路宽车稀,小车一路飞奔,过大路,钻小巷,七转八拐"吱"一声停在了红河制玉厂门前。司机看了看计程表,说:"到了,43元。咱是爽快人,给40就中!"

老刘一听就翻了脸:"你说啥?40就中?你中,俺可不中!俺在这儿住了四十多年,还没听说过这个价儿!"老刘说这番话的时候,不知不觉就变成了本地口音。

司机一看老刘是本地人，顿时傻了眼，赔着小心，只收了老刘10元钱。

老刘还不解气，大声训斥司机说："以后开车少绕弯儿，别尽做缺德事！"

想了想，他突然放低声音，吞吞吐吐地对司机说："你……你刚才不是说40元吗，你不如给我开张40元的发票，我就走人，刚才的事不和你计较。"

司机一愣，看老刘这副不饶人的样子，赶紧"刷刷"几笔给他开了张发票递过去。

老刘接过一看："咋没章？没章咋报销？"

司机摸摸索索了半天，总算摸出个章来，给老刘盖在了发票上。

第二天一上班，老刘拿着一叠出差的发票去报销。会计前前后后一翻捡，把其中一张挑出来，扔在了老刘面前："你这是开的什么玩笑，这也拿来报销？"

老刘眼一瞥，不就是昨晚从车站回来的那张小车发票嘛："咋了？咋不能报？"

会计说："咋了？没章！"

老刘声辩道："怎么没章，我昨晚特地看他盖的，这圆圆的，不是章？"

会计"扑哧"笑出了声："你眼睛再近视，总不至于连这是啥东西都分不清吧？你自个儿再看看！"

老刘拿过发票仔细一看，上面确实盖着个红红的圆印儿，不过圆印中间是一个清清楚楚的大字"车"。我的妈呀，这是用象棋子儿盖的！

老刘恼了，恨不得扇那司机俩耳光："你不给发票就不给，绕啥弯儿？害我出这么大的洋相！"

（叶小丁）

（题图：李　加）

拍蚊子

　　王科长是今年轮到去柳庄下基层的干部,他心里有把小算盘,这次"镀金"回来,提升就不成问题了。

　　这天,王科长到庄里家访,挨家挨户说了不少漂亮话。到牛老汉家时天已经晚了,他便决定在牛家过夜。由于停电,王科长打电话叫镇上的饭馆送来几个小菜,与牛老汉摸黑喝开了。正值夏日,蚊子猖狂地在屋子里狂轰滥炸,王科长酒性大发,提议不挂蚊帐,比谁能撑到最后。王科长输了,就给牛老汉100元,牛老汉输了呢,就不要掏钱了。

　　牛老汉呵呵笑着叫道:"中!"

　　王科长乐了:"老伯,你真能行?"

　　牛老汉哼了声:"干部说行,我还能再说不行?"

"老伯好样的！不过,我是不会甘拜下风的。"

正说着,蚊子成群结队地袭来了,在人的耳根处叫嚣着,在大腿与小腿间徘徊着,在肩膀与胳膊处叮咬着……王科长"噼里啪啦"地拍打着胳膊腿儿,诅咒着这钻心的痒。

终于,王科长再也忍不住了,他大喊:"蚊帐,可爱的蚊帐,我需要你,我得把你放下来。老人家真是有韧劲有毅力啊,我甘拜下风了。"

牛老汉"噼里啪啦"地一阵猛拍,说:"战斗还刚开始呢!"

王科长起身正要去摸索蚊帐,"刷"地来电了,屋里顿时光明起来。王科长清清楚楚地看到:牛老汉闭着眼安详地躲在蚊帐里,双手却不住地拍打着身子,嘴里还嘟囔着:"这蚊子可真厉害!"

想不到牛老汉也会玩虚的,王科长气得一句话也说不出来。

(鲤鱼晓)

(**题图**:李　加)

贼来了

半夜里，睡得迷迷糊糊的刘三突然被老婆推醒。

老婆紧张地咬着他的耳朵说："你听，啥声音？"

刘三一惊，竖起耳朵，果然听到从后院传来一阵"咕咕咕咕"的鸡叫声。他赶紧跳下炕，对老婆说了声"我去看看"，就掀开门帘走了出去。

月光下，果真有一个贼，正蹲在后院鸡棚前，把一只只鸡从棚子里捉出来，往带来的大口袋里装。刘三大叫一声冲了上去，那贼慌得连口袋也顾不上拿，站起来拔脚就攀上院墙，纵身跳出院外，朝村西的菜市场方向逃去。刘三不罢休，随手抡起一根扁担，追了上去。

眼看就要追上了，忽然那贼一弯腰，从地上捡起一把明晃晃的刀,恶狠狠地对刘三喊道:"你再追,我就用刀捅死你。"

刘三是个本分的农民,胆子本来就不大,一听这话,脑袋"嗡"的一声,就吓得没敢再往前追。一看刘三被镇住了,那贼便又赶紧向前逃,一面逃一面还不放心地回头看,看刘三真的歇了脚,他突然大笑起来,转眼拐了个弯,就消失在夜幕之中。

发愣的刘三这才长长地松了一口气。

这时候,刘三的老婆和几个邻居扛着扁担铁锨追上来,老婆焦急地问:"你没事吧?吓死我了。"

"才吓死我了呢,"刘三把扁担往腋下一夹,用手比划着给老婆看,"那贼娃子手里有刀,这么长啊!"

"你不是有扁担吗?"邻居晃晃手里握着的铁锨问他。

刘三摇摇头,苦笑着说:"扁担哪有刀管用?他用刀捅我一下,搞不定我就死了!"

"那他人呢,跑了?"邻居不甘心地问。

"跑了,我……我怎么追得上他!"刘三有点不好意思,顺着那贼拐弯的方向指了指。突然,他的手在半空中停住了:拐弯处的地上,有把刀在那里泛着青光。刘三知道,这是那贼丢下的刀,于是一群人赶紧奔过去。

可是奔到那里一看,刘三的脸变得通红。这哪里是刀,明明是一张冻住了的白菜叶子。

(赵迎光)

(题图:李 加)

谁动了我的东西

　　有一老伯,快七十了,从没进过城,最近听说侄子搬进了新房,还挺宽敞,于是就找到侄子,说自己进城逛逛,想在他们家住几天。

　　侄子有些犯难,因为他媳妇特爱干净,就怕闹出不开心的事来。但乡里乡亲的又不好回绝,凑巧媳妇也出差了,他想了想就答应了,只是叮嘱老伯:家里的东西不要随便乱动。嘱咐完后,侄子把儿子送到学校,就上班去了。

　　长话短说。那老伯进了侄子家的门之后,见门口放着三双一模一样的拖鞋,鞋上分别贴着字条,写着"老公"、"儿子"、"我"。老伯一看忍不住乐了:他进过扫盲班,能认识简单的字,心想:真神了,早算到"我"要来? 于是连忙小心翼翼地脱了自己的鞋,穿上那双写着"我"字的拖鞋,虽然鞋子有点紧,还行。

老伯穿着拖鞋在侄子的几个房里巡视了一番,嗨,还有贴着"我"字的毛巾、浴巾、水杯、牙刷,反正"我"的东西样样齐备。老伯心想:这侄子真好,小时候总算没白疼他! 老伯心里舒坦,于是就十分受用地进了卫生间,舒舒服服地梳洗起来……

吃过午饭,老伯没事干,就溜溜地一个人逛街去了。没成想这个时候侄媳妇出差提前回来了,一看家里没人,做晚饭还早,于是就先洗了个澡,又吃了点东西,然后决定小睡一会儿,起来再把房间整理整理,等老公回来让他好好表扬一下。

媳妇正要上床,忽然听见有人开门,随即一个陌生的声音在嘀咕:"我的拖鞋呢?"

侄媳妇一惊,赶紧出来,一看,是个陌生老头。

老伯马上笑道:"是侄媳妇吧,回来啦? 我是你大伯。"他见对方很惊愕,赶紧说:"侄媳妇,别担心,家里的东西我都不会乱动,我只用写着'我'的东西。"

他话音未落,只听"咕咚"一声,侄媳妇已经晕倒在地……

(陈亚华)

(题图:李　加)

失声的喇叭

　　某市从 3 月 1 日起实行一项新措施:禁鸣喇叭,违者罚款。

　　开出租车的小王对这个新措施相当反感,因为他开车时习惯按喇叭。果然,一天没到,小王就被交警罚了 400 元!

　　这样下去,他这出租车还开不开? 想了一晚,他终于想出了一个主意:索性把喇叭拆了。

　　第二天一大早,小王把车开到维修点,叫维修工把喇叭线给拆了,然后轻松上路。果然,一个月过去了,相安无事,小王暗自庆幸。

　　这天,小王正在车流滚滚的大街上悠悠行驶,忽然,前面传来一阵喇叭声,在安静的车流中显得特别刺耳。小王心想:那家伙闯祸了! 果然,马上就过来一个交警。

就在小王幸灾乐祸之时,那交警竟然示意小王靠边停车。交警递过来一张罚单,冷冰冰地说:"你在禁止鸣喇叭的区域按喇叭,罚款200元。"

小王申辩说:"交警同志,刚才那喇叭不是我按的。"

交警说:"我听到了,是你车里发出来的!"

"肯定是你听错了!"

"不会错的,请交罚款吧!"

小王急了,说:"绝对不是我按的!我车上的喇叭坏了,根本不可能按得响!"看交警迷惑不解的样子,他又补充说:"不信你去试试,如果能按响了,我交双倍罚款给你。"

交警愣了愣,一按,果然如此。他二话不说,低下头"刷刷刷"写了一行字,然后把单子撕下来,递给小王。

小王一看,单子上写着:喇叭损坏,无法保证行车安全。罚款400元。

(汤　淼)

(题图:李　加)

醉了说不得

　　阿莉的老公大国出差有一段时间了，本来说昨晚回来，可等了一夜也不见人影，电话又总是关机，阿莉都快急疯了。

　　天亮时大国总算打回电话，却在电话里不停地打哈欠。阿莉问："怎么像一宿没睡？"

　　大国说："唉，昨天一哥们叫了几个女同学拉去大喝一通，喝麻了！"

　　阿莉一愣，大国的初恋情人就在他出差的那个城市，顿时心里倒翻了一瓶醋，说："肯定发生了特别的故事吧？"

　　大国支吾老半天，才说："老婆，我喝醉后发生的事真的记不起来了，直到早上醒来才发现有些不对劲……"

　　阿莉心里一紧，盯着问："什么不对劲？"

大国带着哭腔说:"都怪那该死的酒精……老婆……"

刹那间,阿莉脑子里一片空白,话筒滑到地上,她趴在床头放声大哭。

大国匆匆赶回时,阿莉愤怒地喊道:"都这样了,你还回来干什么?"

大国语无伦次地问:"老婆,你……你不会因为这件小事不肯原谅我吧?"

阿莉不理他,起身就回了娘家。大国在家里郁闷了好半天,叹了一口气,准备去把阿莉接回来。

哪知一进岳母家的门,大国就吓了一大跳:阿莉全家人正等着他。老岳母指着大国的鼻子骂道:"阿莉什么地方对不住你?你竟然背着她在外面鬼混?"

大国哭丧着脸,委屈地争辩说:"什么呀,我哪有?"

大国又对阿莉说:"老婆,走,回去我给你解释。"

阿莉一扭头:"要说就说给大家听!"

大国说:"这事我……我说不出口……"

阿莉鼻子一哼:"你现在知道说不出口,那你昨夜怎么就做得出手了?"

大国愣了愣,一跺脚,咬着牙说:"好,既然你一定要我在这里说,那我就说吧!昨晚酒醉后,我……我尿床了……呜呜呜……"

(郭进容)

(**题图**:顾子易)

夜半歌声

庞丽是一所中学的英语教师,不但人长得漂亮,课也教得很好,这不,她业余时间就做英语家教。

却说这天晚上,庞丽给几个孩子辅导完功课,已是 11 点钟了。走在黑漆漆的街上,庞丽猛然想起昨天电视里播的一条新闻,说是有个午夜出没的色狼,专门非礼漂亮女孩。庞丽本来胆子就小,想到这个更是紧张得汗毛倒竖。

所幸的是一路平安,半个小时后庞丽顺利到达自家的小区,锁好自行车刚钻进楼道,就听有个男人在唱:"亲爱的,你慢慢飞……"听那卷着的大舌头,不用说又是个晚归的醉汉。

庞丽为了给自己壮胆,就随着那个醉酒男人的调哼了起来:"小心前面带刺的玫瑰……"庞丽边唱边上了二楼,一抬头却发现前面横着一个手持木棍的陌生男人,只见此人瞪着血红的眼睛,流着哈喇子,面目狰狞。庞丽顿时被吓得愣住了,心想:天啊! 这人我怎么不认识? 难道就是那个色狼?

庞丽一边往后退,一边僵硬地笑着,说:"大哥,你就饶了我吧,我已经三十多了……"

谁知不说还好,听到庞丽这么一说,那个男人反倒被惹怒了,他两只眼睛死死盯着庞丽,一步步向她逼近过来。庞丽吓得两腿直哆嗦,情急之下赶紧掏出自己刚买的手机,战战兢兢地捧过去说:"大哥,这手机你拿去吧……"

谁知男人并不领情,一扬手,把手机打落在地,怒气冲冲地说:"谁稀罕你……你的破手机,你给我记……记住了,以后唱歌,自……自己起头。"

庞丽这才恍然大悟,原来他是个唱歌的醉汉啊!

(阿　华)

(题图:李　加)